100 ROMANS cultes des ados

Guide présenté par Jessica Jeffries-Britten

Librio

Inédit

100 ROMANS cultes des ados

DANS LA MÊME SERIE

Le guide des 100 romans incontournables, Librio n° 870
Le guide des 100 polars incontournables, Librio n° 871
Le guide des 100 BD incontournables, Librio n° 900
Le guide des 100 premières phrases incontournables, Librio n° 903
Le guide des 100 chefs-d'œuvre incontournables de l'Imaginaire, Librio n° 909

Préface

« — Crois-tu qu'il devrait y avoir des moments drôles dans tous les livres d'enfants ?
— Oui, répondit Matilda. Les enfants ne sont pas aussi sérieux que les grandes personnes et ils aiment rire. »

Matilda, Roald Dahl, 1988.

Saviez-vous que plus de deux mille romans pour la jeunesse paraissent chaque année ? Le livre jeunesse est aujourd'hui un secteur économique majeur – le deuxième après la littérature générale. Et parce que la littérature jeunesse connaît son plus bel âge depuis les années 1980, nous évoquerons principalement dans ce « guide culte » les livres parus aux XXe et XXIe siècles. Mais les ombres de Dickens, Stevenson et autres Jules Verne influencent encore notre littérature. Et nombre d'auteurs évoqués dans ce livre en sont les dignes héritiers.

Contrairement à une idée reçue, les jeunes lisent… pourvu qu'ils trouvent le bon livre ! Un livre qui n'est plus le conte pour enfants mais aussi et surtout un livre qui n'est pas de l'ordre de la référence classique des parents. Ce guide est fait pour orienter les jeunes lecteurs, piquer leur curiosité et leur donner des envies de lecture…

Alors comment s'y retrouver ? Cent romans cultes, c'est à la fois peu et beaucoup. Ce guide s'attache à refléter la diversité des genres, des auteurs et des pays. On y trouve des romans qui ne sont pas spécialement destinés aux ados et d'autres livres qui leur sont originellement réservés mais que les adultes découvriront avec plaisir. Les frontières bougent et c'est tant mieux !

Le chien des Baskerville

1902

Arthur Conan Doyle

Titre original : *The Hound of the Baskervilles*

Traduction : *Bernard Tourville*

Niveau :

Arthur Conan Doyle, né en 1859, était écossais. Il a fait des études de médecine, puis écrit son premier livre en 1879. C'est à la publication des aventures de son héros, Sherlock Holmes, qu'il obtiendra la consécration. Il est mort en 1930.

« Pour aussi incroyable qu'elle vous ait semblé, monsieur Holmes, Sir Charles était convaincu qu'une malédiction terrible s'attachait à sa famille : certes, les détails qu'il m'a fournis sur ses ancêtres n'avaient rien d'encourageant. L'idée d'une présence fantomatique le hantait ; plus d'une fois, il m'a demandé si au cours de mes visites médicales nocturnes je n'avais jamais rencontré une bête étrange ou si je n'avais pas entendu l'aboiement d'un chien. »

Éd. du Livre de Poche Jeunesse, 282 pages

Qui ne connaît pas le célèbre enquêteur et son fidèle ami le docteur Watson ? Les voici à l'œuvre sur une étrange affaire : Sir Charles Baskerville a été retrouvé mort dans la lande près de son manoir. On raconte qu'il aurait été tué par un chien démoniaque car ses agissements passés ont attiré une malédiction sur sa famille. Intimidations, menaces et suspects, Holmes et Watson ne sont pas au bout de leurs peines. Ce classique de la littérature policière – qui flirte ici avec le fantastique – met en scène un duo mythique et fait, pour une fois, la part belle à Watson, l'éternel second couteau.

Le merveilleux voyage de Nils Holgersson à travers la Suède

1906

Selma Lagerlöf

Titre original : *Nils Holgerssons underbara resa genom Sverige*
Traduction : *Marc de Gouvenain et Lena Grumbach*
Niveau :

> Selma Lagerlöf est née en Suède en 1858. Elle a d'abord été institutrice puis s'est mise à écrire. C'est la première femme à avoir reçu le prix Nobel de littérature en 1909. L'écrivain est décédée en 1958.

« Il était une fois un garçon. Âgé d'environ quatorze ans, il était grand et dégingandé et ses cheveux étaient blonds comme le lin. Il ne valait pas grand-chose : son plaisir c'était dormir et manger, sans compter qu'il aimait faire des bêtises. »

Éd. du Livre de Poche, 635 pages

Nils a l'habitude de jouer des tours aux animaux comme aux humains. Un jour, un tomte (un lutin) se venge du garçon en le transformant en un être minuscule. Et comme un malheur n'arrive jamais seul, Nils, en voulant retenir son jars appelé par les oiseaux migrateurs, est emporté dans les airs. Le garçon va survoler la Suède sur le dos de son oie et vivre des aventures merveilleuses. Ce grand classique est en fait un texte de commande ; l'État suédois souhaitait faire découvrir le pays aux écoliers. Mais le livre est devenu bien plus qu'un manuel de géographie, et dans sa version originale – beaucoup de versions abrégées et appauvries existent – il séduira tous les lecteurs. Car ce voyage est avant tout une grande aventure, une histoire initiatique et une fable écologique avant l'heure. Quand on dit que les voyages forment la jeunesse !

Croc-blanc

1906

Jack London

Titre original : *White Fang*

Traduction : *Francis Kerline*

Niveau :

Jack London est né à San Francisco en 1876. Après une jeunesse difficile, où il est successivement vendeur de journaux, docker et marin, il devient écrivain et connaît enfin le succès et la fortune. Auteur d'une cinquantaine de romans et de nouvelles, l'écrivain se suicide en 1916 ; il a 40 ans.

« Ils marchaient sans parler, en économisant leur souffle pour pouvoir avancer. De tous côtés régnait le silence, pesant sur eux comme une présence tangible et affectant leur esprit comme les multiples atmosphères de l'eau profonde affectent le corps du plongeur. Il les écrasait de tout le poids d'immensités infinies et d'une fatalité implacable. »

Éd. J'ai lu, 222 pages

Un jeune louveteau vient au monde dans le Wild, le Grand Nord. Il est différent de ses semblables – son pelage est gris – et plus féroce aussi. Capturé par l'Indien Castor-gris, il est surnommé Croc-blanc. Mais en grandissant, le loup devient de plus en plus violent. Vendu à un maître-chien, il devient chien de combat. Heureusement, sa route va croiser celle d'un nouveau maître, Scott, qui va le sortir de la sauvagerie. « Manger ou être mangé », c'est la loi du Wild. *Croc-blanc* est en fait un récit assez sombre sur la cruauté de la nature et la férocité des hommes. C'est aussi une magnifique histoire, celle d'un loup qui passe de la barbarie à la civilisation.

Le mystère de la chambre jaune

1907

Gaston Leroux

Niveau :

Gaston Leroux est né en 1868 à Paris. Avocat puis journaliste, il suit les grands procès politiques et devient grand reporter à l'étranger. En 1907 paraît *Le mystère de la chambre jaune*, alors que le genre policier est dominé par Poe et Conan Doyle. Leroux meurt en 1927.

« Ce n'est pas sans une certaine émotion que je commence à raconter ici les aventures extraordinaires de Joseph Rouletabille. Celui-ci, jusqu'à ce jour, s'y était si formellement opposé que j'avais fini par désespérer de publier jamais l'histoire policière la plus curieuse de ces quinze dernières années. »

Éd. J'ai lu, 255 pages

Mlle Stangerson a bien failli être assassinée. Et son agresseur court toujours. Pourtant, l'attaque a eu lieu dans la chambre jaune dont la porte était fermée à clef et la fenêtre, grillagée. Comment est-ce possible ? Le jeune journaliste Rouletabille est bien décidé à élucider ce mystère. Il se rend donc avec son ami Sainclair, le narrateur, au château du Glandier. Comment compte-t-il s'y prendre ? Par « le bon bout de la raison » bien sûr ! Ce classique de la littérature policière du début du XXᵉ siècle reste, malgré un style légèrement désuet, accessible aux adolescents. La preuve ? Le livre a connu plusieurs transpositions à l'écran. La dernière adaptation de Bruno Podalydès (2003) est excellente : il a su porter à l'écran l'humour de Leroux et le personnage décalé de Rouletabille, incarné par son talentueux frère, Denis Podalydès ! La suite, *Le parfum de la dame en noir*, également adaptée au cinéma, éclaire le lecteur sur les origines de Rouletabille.

Peter Pan

1911

James Matthew Barrie

Titre original : *Peter and Wendy*

Traduction : *Yvette Métral*

Niveau :

James Matthew Barrie est né en Écosse en 1860. Écrivain et dramaturge, il est surtout connu pour avoir créé le personnage de Peter Pan qui apparaît pour la première fois dans un conte, *The Little White Bird*, puis est monté au théâtre. Barrie est mort en 1937.

« Tous les enfants, hormis un seul, grandissent. Ils savent très tôt qu'ils doivent grandir. Voici comment Wendy l'apprit à son tour : elle avait deux ans et cueillait des fleurs dans un jardin ; elle en cueillit une autre encore et courut l'offrir à sa mère. Elle devait être bien adorable à cet instant, car Mme Darling, portant la main à son cœur, s'écria : "Si tu pouvais rester toujours ainsi !" Elle n'en dit pas plus long, mais dorénavant Wendy sut qu'il lui faudrait grandir. »

Librio, 139 pages

Qui ne connaît pas Peter Pan, le garçon qui refusait de grandir ? Un soir, il se rend chez les enfants Darling, Wendy, John et Michael, et leur apprend à voler. Ensemble ils s'envolent vers le Pays imaginaire, pays des fées, des enfants perdus et de l'inquiétant capitaine Crochet. Même si *Peter Pan* est principalement connu pour son adaptation édulcorée par les studios Disney, il est intéressant de se pencher sur le texte original, très différent du conte de fées. En effet, le livre est bien plus complexe : Peter est un garçon prétentieux et parfois cruel, Clochette est colérique et jalouse, et Wendy légèrement fade. Un conte merveilleux, donc, mais aussi une satire du monde des adultes, à lire à tout âge !

Arsène Lupin, Le bouchon de cristal

1912

Maurice Leblanc

Niveau :

Maurice Leblanc est né à Rouen en 1864. Il crée le personnage d'Arsène Lupin en 1907, d'abord publié en feuilleton. C'est le début d'une longue série de vingt-sept romans consacrée à ce héros. L'écrivain est décédé en 1941.

« Il est une chose, malgré mes bonnes relations avec Lupin, que je n'ai jamais pu percer à fond : c'est l'organisation de sa bande. La seule hypothèse qu'il me soit permis d'avancer, c'est que cette bande, très restreinte à mon avis, et d'autant plus redoutable, se complète par l'adjonction d'affiliés provisoires. »

Éd. du Livre de Poche Jeunesse, 218 pages

Arsène Lupin cambriole la villa d'un député mais ses complices sont arrêtés. Lupin s'enfuit avec un bouchon de cristal. Le cambrioleur découvre que le député est un maître-chanteur mêlé à l'affaire du canal de Panamá. Et le bouchon de cristal pourrait bien s'avérer utile… « C'est le plus grand des voleurs, oui mais c'est un gentleman », chantait Jacques Dutronc. Et c'est vrai qu'il a du charme, ce voleur de la haute. Volant à la rescousse de ses amis, se mêlant de politique internationale, il a ce côté Robin des Bois, libre et insolent, qui le rend vraiment sympathique et pas si ringard !

Papa-Longues-Jambes
1912
Jean Webster
Titre original : *Daddy-Long-Legs*
Traduction : *Michelle Esclapez*
Niveau :

Jean Webster est née aux États-Unis en 1876. Son père est éditeur et son oncle n'est autre que Mark Twain ; c'est ainsi qu'elle entre en littérature. *Papa-Longues-Jambes* lui vaudra un grand succès. Il sera même adapté au cinéma avec Fred Astaire. Elle meurt en 1916.

« Cher Gentil-Bienfaiteur-Qui-Envoyez-les-Orphelins-à-l'Université, Me voilà arrivée ! J'ai bien passé hier quatre heures en chemin de fer. C'est une drôle de sensation, n'est-ce pas ? Je n'étais jamais encore montée dans un train. L'université est un endroit immense, tout à fait incroyable et je m'y perds dès que je quitte ma chambre. Je vous promets de vous envoyer une description dès que j'y serai plus à l'aise ; je vous parlerai aussi de mes cours. »

Éd. Gallimard Jeunesse, Folio junior, 212 pages

Judy Abbott est orpheline et s'ennuie dans son pensionnat. Un jour, une occasion inespérée s'offre à elle : un bienfaiteur anonyme propose de l'envoyer à l'université à ses frais. La contrepartie ? Judy devra écrire régulièrement à l'inconnu pour tout lui raconter. Elle le surnomme alors Papa-Longues-Jambes et entreprend de lui raconter au fil des ans sa vie universitaire, ses joies, ses peines. Se rencontreront-ils un jour ? Ce roman aux allures de journal intime peut paraître un peu désuet... Le mystérieux mécène et la jeune narratrice finiront par tomber amoureux. Mais après tout, quoi de plus féerique que cette histoire d'orpheline qui se marie avec un énigmatique pygmalion ?

Le Grand Meaulnes

1913

Alain-Fournier

Niveau : ⁂⁂

> Henri Alban Fournier, dit Alain-Fournier, est né en 1886. Il fait ses études à Paris et commence à écrire. L'année qui suit la publication du *Grand Meaulnes*, la guerre éclate et Alain-Fournier est tué près de Verdun à l'âge de 28 ans.

« Il arriva chez nous un dimanche de novembre 189... Je continue à dire "chez nous" bien que la maison ne nous appartienne plus. Nous avons quitté le pays depuis bientôt quinze ans et nous n'y reviendrons certainement jamais. »

Éd. du Livre de Poche Jeunesse, 380 pages

La vie de François Seurel, quinze ans et élève à l'école Sainte-Agathe, est bouleversée le jour où débarque un étrange jeune homme, Augustin Meaulnes. Une grande amitié naît alors entre les deux garçons. Un jour, « le Grand Meaulnes » – c'est de cette manière que ses camarades le surnomment – se perd et découvre une propriété mystérieuse où se prépare une fête. Il assiste à un bal masqué et tombe en arrêt devant une femme dont il n'apprendra que le nom : Yvonne de Galais. De retour chez lui, Meaulnes raconte son aventure à François. Mais ils ne retrouveront le « Domaine sans nom » qu'un an plus tard et ce sera alors l'heure des révélations. Rêve ou réalité, l'escapade de Meaulnes ? Le succès du roman, lui, est bien réel et il ne s'est jamais démenti. Certains sondages le placent même dans les dix livres préférés des Français ! Peut-être parce que *Le Grand Meaulnes* est à la fois un roman autobiographique, un roman d'aventures et un roman sur l'adolescence. Les ados d'aujourd'hui seront touchés par cette histoire entre amitié exceptionnelle, amour impossible et désir de liberté.

Mort sur le Nil

1927

Agatha Christie

Titre original : *Death on the Nile*

Traduction : *Louis Postif*

Niveau :

> Agatha Christie est née en Angleterre en 1891. Elle a commencé à écrire suite à un pari avec sa sœur ! Elle écrira quatre-vingt-quatre livres, la plupart des romans policiers avec pour principaux héros Hercule Poirot et Miss Marple. Elle meurt en 1976.

« Un visage... et une voix. Poirot s'en souvenait parfaitement. Le visage de la jeune fille et la voix qu'il avait surprise tout à l'heure... celle du jeune marié. Tandis que le détective belge, immobile, se tenait non loin du banc, une autre scène du drame se déroulait. »

Éd. du Livre de Poche Jeunesse, 412 pages

La riche Linnet Ridgeway embarque pour une croisière sur le Nil avec son fiancé, Simon Doyle. Mais Jacqueline de Bellefort se trouve aussi sur le bateau et elle harcèle le couple car Linnet lui a volé son fiancé ! L'ambiance est tendue jusqu'au drame : Linnet est assassinée et ce n'est que le début d'une longue série de crimes. Sur le vapeur, beaucoup de coupables potentiels. Mais le grand détective belge, Hercule Poirot, veille et va résoudre l'énigme ! Agatha Christie est la reine des intrigues qui mêlent tragique et humour. Personnages ambigus et amoureux passionnés font ici face à un Poirot débonnaire et astucieux comme toujours ! Pas étonnant que la vieille dame du crime soit un des auteurs les plus vendus au monde : ses histoires sont bien ficelées et ses héros détectives, amateurs comme professionnels, sont d'un flegme... tout britannique !

L'Auberge de la Jamaïque

1936

Daphné du Maurier

Titre original : *Jamaica Inn*
Traduction : *Léo Lack*
Niveau :

> Daphné du Maurier est née en Angleterre en 1907. Trois de ses romans ont été adaptés au cinéma par Alfred Hitchcock : *Rebecca*, *L'Auberge de la Jamaïque* et *Les oiseaux*. Elle est décédée en 1989.

« C'était un grand diable d'homme, mesurant près de sept pieds de haut ; il avait le front tout plissé et la peau aussi brune que celle d'un bohémien. Ses épais cheveux noirs retombaient en frange sur ses yeux et pendaient sur ses oreilles. Il paraissait avoir la force d'un cheval, avec ses larges et puissantes épaules, ses longs bras qui atteignaient presque ses genoux et ses poings aussi gros que des jambons. »

Éd. du Livre de Poche, 317 pages

Mary est orpheline. Elle va vivre chez sa tante Patience et son oncle Joss Meryln qui tiennent L'Auberge de la Jamaïque. Ce qu'elle ne sait pas, c'est qu'il s'agit d'un véritable repaire de contrebandiers. Perdue dans la lande et battue par les vents, l'auberge est le théâtre d'événements sanglants… La naïve Mary découvrira alors toute la noirceur de l'âme humaine et le lecteur tremblera souvent pour elle. Une jeune fille pure et innocente plongée dans un univers de brutes, c'est déjà un très bon début ! Roman d'angoisse, *L'Auberge de la Jamaïque* est en quelque sorte l'ancêtre du thriller psychologique, avec un huis clos étouffant qui met les nerfs à rude épreuve. Ce n'est pas un hasard si le grand Hitchcock s'est emparé des récits noirs et troublants de cette grande romancière.

Inconnu à cette adresse

1938

Katherine Kressman Taylor

Titre original : *Address Unknown*

Traduction : *Michèle Lévy-Bram*

Niveau :

Katherine Kressman Taylor, d'origine allemande et née en 1938 aux États-Unis, a fait des études de lettres et de journalisme. Elle est décédée en 1997.

« Cher Martin, je suis bouleversé par l'afflux de reportages sur ta patrie qui nous parviennent. Comme ils sont assez contradictoires, c'est donc tout naturellement vers toi que je me tourne pour y voir plus clair. Je suis sûr que les choses ne vont pas aussi mal qu'on veut bien nous le dire. Notre presse s'accorde à parler d'un "terrible pogrom". Qu'en est-il ? »

Éd. du Livre de Poche Jeunesse, 93 pages

Max et Martin sont amis. Ils sont associés et possèdent une galerie d'art. Martin rentre en Allemagne en 1932. Hitler est au pouvoir l'année suivante. Les deux amis s'échangent des lettres mais Max l'Américain est inquiet : sa sœur, juive, comme lui, est restée à Berlin. Il demande à son ami de veiller sur elle. Mais Martin accède à de hautes fonctions dans l'administration du IIIe Reich et, bientôt, il demande à son ami de ne plus lui écrire. Ce court roman est cruel mais efficace. Par lettres interposées, on comprend, comme dans une enquête, ce qui est arrivé aux protagonistes. Son originalité, c'est son procédé qui laisse au lecteur le soin de combler des vides inévitablement terribles.

Le Petit Prince

1943

Antoine de Saint-Exupéry

Illustrations : *Antoine de Saint-Exupéry*

Niveau :

> Antoine de Saint-Exupéry est né en 1900 à Lyon. Il a été aviateur et l'auteur, entre autres, de *Vol de nuit* et *Terre des hommes*. Il a disparu en 1944. Son œuvre la plus célèbre, *Le Petit Prince*, s'est vendue à quatre-vingts millions d'exemplaires et a été adaptée en BD par Joann Sfar en 2008.

« J'ai ainsi vécu seul, sans personne à qui parler véritablement, jusqu'à une panne dans le désert du Sahara, il y a six ans. Quelque chose s'était cassé dans mon moteur. Et comme je n'avais avec moi ni mécanicien, ni passagers, je me préparai à essayer de réussir tout seul une réparation difficile. C'était pour moi une question de vie ou de mort. J'avais à peine de l'eau à boire pour huit jours. Le premier soir, je me suis donc endormi sur le sable à mille lieues de toute terre habitée. J'étais bien plus isolé qu'un naufragé sur un radeau au milieu de l'océan. Alors vous imaginez ma surprise, au lever du jour, quand une drôle de petite voix m'a réveillé. Elle disait : "S'il vous plaît... dessine-moi un mouton !" J'ai bien regardé. Et j'ai vu ce petit bonhomme tout à fait extraordinaire qui me considérait gravement. »

Éd. Gallimard Jeunesse, Folio junior, 113 pages

Le narrateur, un aviateur tombé en panne dans le désert, rencontre un étrange garçon qui prétend venir d'une planète où il vit seul. Entre les deux, s'instaure un étrange dialogue sur la vie, l'amour et l'amitié... Le livre de Saint-Exupéry est d'abord un récit pour enfants dont le héros comprend mal le monde des adultes. Poétique et philosophique, *Le Petit Prince* est inclassable dans le paysage littéraire et ses traductions dans plus de cent soixante langues lui donnent une portée universelle.

Le poney rouge

1945

John Steinbeck

Titre original : *The Red Pony*

Traduction : *Marcel Duhamel et Max Morice*

Niveau :

John Steinbeck est né en Californie en 1902. En 1935 paraît *Tortilla Flat* qui sera son premier succès, suivi des *Raisins de la colère* qui obtient le prix Pulitzer en 1940. Le prix Nobel de littérature lui est décerné en 1962. Steinbeck est mort en 1968.

« Un tout jeune poney rouge le regardait du box. Ses oreilles étaient tendues en avant et il y avait dans ses yeux une flamme de rébellion. Sa robe était épaisse et rude comme la fourrure d'un airedale et sa crinière était longue et emmêlée. La gorge de Jody se contracta et sa respiration se fit brève. »

Éd. Gallimard Jeunesse, Folio junior, 132 pages

Jody vit dans un ranch en Californie avec ses parents et le garçon de ferme, Billy. Le quotidien n'est pas toujours facile entre l'école et les travaux de la ferme. Aussi, lorsque son père, un homme taciturne et dur, lui offre un poney, Jody exulte. Le garçon se consacre à son poney rouge avec ferveur et entreprend de le dresser avec l'aide de Billy. Un jour, le poney tombe malade et Billy promet de le sauver. Mais les adultes peuvent-ils tenir une promesse ? Les plus jeunes peuvent débuter la lecture de John Steinbeck avec ce roman tout en finesse empreint de nostalgie. Les rapports entre enfants et adultes, notamment entre père et fils, y sont décrits en creux et l'animal fait le lien. C'est aussi l'Amérique pauvre et la vie des émigrants – à travers le personnage de Gitano – qui sont décrites ici. Des thèmes récurrents dans l'œuvre de ce grand écrivain américain qui trouveront leur apogée dans *Les raisins de la colère* – réservé aux plus grands…

Le journal d'Anne Frank

1946

Anne Frank

Titre original : *Het Achterhuis*

Traduction : *Isabelle Rosselin-Bobulesco*

Niveau :

> Anne Frank est née en 1929 en Allemagne. Fuyant les persécutions nazies, la famille s'installe à Amsterdam. Elle y restera jusqu'à son arrestation. Le journal d'Anne sera rendu à son père, seul survivant de la Shoah. Anne est morte du typhus au camp de Bergen-Belsen en 1945.

« C'est une sensation très étrange, pour quelqu'un dans mon genre, d'écrire un journal. Non seulement je n'ai jamais écrit, mais il me semble que plus tard, ni moi ni personne ne s'intéressera aux confidences d'une écolière de treize ans. Mais à vrai dire, cela n'a pas d'importance, j'ai envie d'écrire et bien plus encore de dire vraiment ce que j'ai sur le cœur une bonne fois pour toutes à propos d'un tas de choses. »

Éd. du Livre de Poche, 349 pages

Qui ne connaît pas *Le journal d'Anne Frank* ? Et comment expliquer une telle résonance ? Probablement à cause du destin tragique de son auteur. Cette jeune fille qui rêvait de devenir écrivain a consigné pendant deux ans les détails de sa vie quotidienne. Une existence bouleversée par l'histoire : la famille est juive et doit s'installer dans l'annexe de leur immeuble pour échapper au nazisme. Recluse dans sa cachette, Anne continuera à se confier à son « cher journal ». Bien sûr, il y a l'aventure incroyable du manuscrit, confié au père d'Anne, seul rescapé des camps, puis publié au titre de témoignage historique. Mais ce journal est aussi l'autoportrait d'une jeune fille normale avec ses espoirs, ses flirts, ses coups de blues… Des préoccupations d'autant plus touchantes que l'on connaît sa triste fin. *Le journal* a été traduit en cinquante langues et vendu à vingt-cinq millions d'exemplaires.

L'écume des jours
1947
Boris Vian
Niveau : ✦✦✦

> Boris Vian est né en France en 1920. Il a été ingénieur, musicien et critique de jazz, poète, romancier, auteur de théâtre et de chansons, traducteur. L'écrivain est mort en 1959.

« Chloé le regarda encore. Elle avait les yeux bleus. Elle agita la tête pour repousser en arrière ses cheveux frisés et brillants, et appliqua, d'un geste ferme et déterminé, sa tempe sur la joue de Colin. Il se fit un abondant silence à l'entour, et la majeure partie du reste du monde se mit à compter pour du beurre. »

Éd. du Livre de Poche, 349 pages

Colin ne fait pas grand-chose dans la vie, à part écouter du jazz, patiner et discuter avec son ami Chuck. Un jour, il rencontre Chloé dans une fête et c'est l'amour fou. Mais Chloé tombe malade, elle a un nénuphar dans le poumon. Colin tente tout pour la guérir. Attention ovni ! « Le plus beau roman d'amour contemporain », selon Raymond Queneau, n'est pas à proprement parler un roman pour la jeunesse : il est tout simplement inclassable ! Mais il parle d'amour, d'amitié et de musique de façon décalée. Il faut se laisser prendre par la main et entrer dans cet univers absurde aux inventions étonnantes comme le « pianococktail ». Ici les jeunes dansent le « biglemoi », les nénuphars sont mortels et les appartements rétrécissent. Un très beau roman sur l'amour fou pour les bons lecteurs...

Une incroyable histoire

1947

William Irish

Titre original : *Fire Escape*

Traduction : *Maurice-Bernard Endrèbe*

Niveau :

William Irish est né en 1903 aux États-Unis. Il a écrit une vingtaine de romans dont *Fenêtre sur cour* et *La mariée était en noir,* adaptés au cinéma. Il est décédé en 1968.

« Son autre monde n'avait ni frontières ni limites. On pouvait y faire ce qu'on voulait, aller n'importe où. Il vous suffisait pour cela de rester assis, bien tranquillement, et de penser, pour inventer à mesure. Le monde de l'imagination. »

Éd. Syros Jeunesse, Souris noire, 121 pages

Buddy est un garçon rêveur qui se réfugie volontiers dans l'imaginaire. Une nuit, il est témoin d'une scène bien réelle : un homme est tué chez les voisins d'en face ! Le lendemain, le gamin raconte ce qu'il a vu à son père. Mais bien sûr, personne ne le croit… sauf les coupables bien décidés à l'éliminer. Très courte, cette nouvelle a sa place dans une collection jeunesse – ne serait-ce que pour se familiariser avec l'un des grands maîtres du roman noir américain ! L'idée de l'enfant que personne ne croit est un excellent ressort et le suspense reste entier jusqu'à la fin.

Vipère au poing

1948

Hervé Bazin

Niveau :

> Hervé Bazin est né à Angers en 1911. Après une enfance difficile – le personnage de Folcoche est inspiré de sa propre mère – il rompt avec sa famille et exerce divers petits boulots. *Vipère au poing* connaîtra un immense succès après guerre. Bazin entre à l'Académie française en 1960. Il meurt en 1996.

« Je saisis la vipère par le cou, exactement au-dessus de la tête, et je serrai, voilà tout. Cette détente brusque, en ressort de montre qui saute hors du boîtier – et le boîtier, pour ma vipère, s'appelait la vie –, ce réflexe désespéré pour la première, et pour la dernière fois en retard d'une seconde, ces enroulements, ces déroulements, ces enroulements froids autour de mon poignet, rien ne me fit lâcher prise. »

Éd. du Livre de Poche, 185 pages

Au décès de leur grand-mère, Jean et Ferdinand voient revenir leurs parents et leur petit frère Marcel qui vivaient jusque-là en Chine. Tout va être bouleversé : leur mère, surnommée Folcoche, impose des règles strictes, des privations et des humiliations. Ligués contre leur ennemie, les trois frères tentent de faire face tandis que leur père fuit ses responsabilités. Ce huis clos, situé au cœur de la campagne angevine, est terrifiant et met les nerfs du lecteur à rude épreuve. Doucement mais sûrement, la tension monte de manière dramatique. Les rapports de force entre la mère et son fils Jean, dit Brasse-bouillon, sont pleins de haine et d'ambivalence. Folcoche, avec toute sa cruauté, reste aujourd'hui encore le personnage de mère indigne de la littérature française qui a le plus marqué les générations.

Le château de Cassandra

1949

Dodie Smith

Titre original : *I Capture the Castle*
Traduction : *Anne Krief*
Niveau :

Dodie Smith est née en Angleterre en 1896. À 40 ans, c'est une dramaturge reconnue mais la Seconde Guerre mondiale l'oblige à s'exiler à Hollywood. Elle y écrit son premier roman, *Le château de Cassandra*, puis, en 1956, *Les 101 dalmatiens*, adapté à l'écran par Walt Disney. Dodie Smith est décédée en 1990.

« J'écris ces mots assise dans l'évier de la cuisine. Ou plutôt, les pieds dans l'évier ; car le reste de mon corps est sur l'égouttoir où j'ai posé la couverture du chien et le couvre théière. Je ne peux pas dire que ce soit très confortable, surtout avec cette odeur déprimante de savon au phénol, mais c'est le seul endroit de la cuisine qui bénéficie d'un peu de lumière naturelle. »

Éd. Gallimard Jeunesse, 476 pages

Cassandra, une jeune fille romantique, vit dans un château délabré avec une belle-mère originale, une sœur qui rêve du grand amour et un père écrivain en panne d'inspiration. La jeune fille, elle, ne manque pas d'inspiration et raconte son quotidien dans son journal. Le jour où débarquent deux jeunes Américains dans le manoir voisin, la vie de la famille est chamboulée. Voici une chronique pleine d'humour et d'ironie, portée par une héroïne atypique, idéaliste et talentueuse… À découvrir ! Ce classique de la littérature anglo-saxonne est enfin traduit en français et il plaira à toutes les filles à partir de dix ans et sans limite d'âge. Une lecture qui leur donnera certainement envie de se plonger dans les romans de Jane Austen, grande inspiratrice de cet ouvrage.

Chroniques martiennes

1950

Ray Bradbury

Titre original : *The Martian Chronicles*

Traduction : *Jacques Chambon et Henri Robillot*

Niveau :

Ray Bradbury est né en 1920 dans l'Illinois. Son œuvre majeure de science-fiction est *Fahrenheit 451*, adaptée par Truffaut. Les *Chroniques martiennes* quant à elles sont considérées par leur auteur comme appartenant au genre fantastique.

« Vous êtes une Martienne ! L'homme souriait. Le mot ne vous est certainement pas familier. C'est une expression terrienne. Il désigna ses compagnons de la tête. Nous sommes originaires de la terre. Je suis le capitaine Williams. Nous venons de nous poser sur Mars, et nous voici, la Deuxième Expédition. Il y a eu une Première Expédition, mais nous ne savons pas ce qui lui est arrivé. »

Éd. Gallimard, Folio SF, 318 pages

Même s'il s'agit de nouvelles, on ne peut pas passer sous silence l'œuvre de Bradbury. Critique envers la technologie, il a pour habitude de tourner en dérision la course au progrès. La nouvelle « Les hommes de la Terre » raconte ainsi comment les Terriens débarquent sur Mars et finissent par être pris pour des fous ! Les tentatives des humains pour coloniser la planète rouge se soldent systématiquement en échec ; ce qui les rend drôles et pathétiques à la fois. Poétique, l'écriture de Bradbury est sobre et sans concession. Ici, pas de gadgets sophistiqués mais une critique de la nature humaine destructrice et mercantile. Ces récits qui forment une vision amère et nostalgique de la société ont fait date dans l'histoire littéraire...

Treize à la douzaine

1950

Ernestine et Frank Gilbreth

Titre original : *Cheaper by the Dozen*
Traduction : *J.-N. Faure-Biguet*
Niveau :

Ernestine et Frank Gilbreth étaient frère et sœur. Nés aux États-Unis, respectivement en 1908 et 1911, ils sont tous deux décédés au début des années 2000. Ils se sont inspirés de leur vie de famille pour écrire, en 1949, *Treize à la douzaine,* puis *Six filles à marier.*

« Papa sifflait souvent le rassemblement. Il le sifflait quand il y avait une nouvelle grave concernant la communauté et qu'il voulait être sûr que toute la famille serait au courant. Il le sifflait quand il s'ennuyait et qu'il désirait que ses enfants l'amusassent. Il le sifflait quand il avait invité un ami et qu'il voulait, à la fois, le présenter à toute la famille et lui montrer à quelle rapidité elle pouvait être réunie. »

Éd. Gallimard Jeunesse, Folio junior, 289 pages

« Famille nombreuse, famille heureuse », dit la chanson. Rien de plus vrai en ce qui concerne les Gilbreth et leurs douze têtes rousses. Le héros de cette histoire de famille est le père, un gentil inventeur fou obsédé par la rationalité. Et il mène son petit monde à la baguette… à moins que ce ne soit sa tribu qui le mène par le bout du nez ! Avoir un chien ou obtenir le droit d'avoir les cheveux courts, c'est l'affaire de tous. Un peu daté, ce roman garde une certaine fraîcheur. Deux des enfants Gilbreth ont donc rendu un bel hommage à leur père, et l'ambiance douce-dingue qui règne dans la maison familiale fait encore sourire, un demi-siècle plus tard…

Deux pour une

1950

Erich Kästner

Titre original : *Das doppelte Lottchen*

Traduction : *René Lasne*

Niveau :

Erich Kästner est né en Allemagne en 1899. Il a écrit des poèmes et des romans pour enfants et adultes. Très célèbre, notamment grâce à *Émile et les détectives*, il a reçu le prix Hans Christian Andersen, prix international de littérature jeunesse, en 1960. L'écrivain est mort en 1974.

« Il n'en va pas autrement à Bühl-au-Lac, où commence l'histoire que je vais vous raconter. Une histoire passablement embrouillée. Et il vous faudra parfois faire diablement attention pour tout comprendre dans le moindre détail. Il est vrai qu'au début c'est simple comme bonjour. Ça ne deviendra compliqué que dans les chapitres suivants. Compliqué et assez palpitant. »

Éd. du Livre de Poche Jeunesse, 219 pages

Dans une colonie de vacances, deux filles étrangement semblables se rencontrent. Elles découvrent alors qu'elles sont sœurs jumelles ! Séparées depuis leur enfance, Louise et Lotte décident d'échanger leur place : l'une ira chez son père, l'autre chez sa mère. Commence alors pour chacune un drôle de jeu de rôle, une vie différente et la découverte d'une mère et d'un père jusque-là inconnus. Sur une idée toute simple, l'auteur réussit à accrocher son lecteur – ou plutôt sa lectrice : comment chacune des sœurs gérera-t-elle sa nouvelle vie sans être démasquée ? Si l'écriture est un peu datée et le décor suranné, cette aventure amusera tout de même les plus jeunes.

Le monde de Narnia
T. 1, Le neveu du magicien

1950

Clive Staple Lewis

Titre original : *The Chronicles of Narnia* (*The Magician's Nephew*)
Traduction : *Cécile Dutheil de la Rochère*
Niveau :

Clive Staple Lewis est né à Belfast en 1898. Professeur d'université et ami de Tolkien, il commence à écrire *Le monde de Narnia* dans les années 1950. Il recevra le prix Carnegie, la plus haute distinction de littérature jeunesse au Royaume-Uni, en 1956. Il décède en 1963.

« C'est une histoire qui s'est passée il y a très longtemps, à l'époque où votre grand-père était un petit garçon. Une histoire très importante, car c'est elle qui permet de comprendre comment les échanges entre notre monde et le pays de Narnia ont commencé. »

Éd. Gallimard Jeunesse, Folio junior, 202 pages

À Londres, Digory et sa voisine Polly font connaissance. Le jeune garçon vit avec sa mère malade et son vieil oncle Andrew, un original. Un jour, l'oncle fait essayer à Polly une bague magique qui la fait disparaître. Digory part à sa recherche et les deux enfants se retrouvent dans un monde magique. C'est le début d'une longue aventure – en sept tomes – dans Narnia, un univers peuplé de créatures fantastiques, des sorcières, des faunes et autres ogres... Cette série de fantasy – dont l'image la plus marquante reste la traversée de l'armoire vers le monde magique – a remporté un immense succès : quatre-vingt-cinq millions d'exemplaires vendus. Elle concentre avec brio mythologie grecque, contes d'Andersen et folklore irlandais ; autant de légendes qui ont nourri l'enfance de l'auteur... *Le monde de Narnia* a été adapté par les studios Disney en 2005 et 2008.

L'attrape-cœurs

1951

Jerome David Salinger

Titre original : *The Catcher in the Rye*

Traduction : Annie Saumont

Niveau :

> Jerome David Salinger est né en 1919 à New York. Il a d'abord écrit des nouvelles, puis *L'attrape-cœurs* qui paraît aux États-Unis en 1951. Il s'est retiré loin du monde.

« Si vous voulez vraiment que je vous dise, alors sûrement la première chose que vous allez demander c'est où je suis né, et à quoi ça a ressemblé, ma saloperie d'enfance, et ce que faisaient mes parents avant de m'avoir, et toutes ces conneries à la David Copperfield, mais j'ai pas envie de raconter ça et tout. »

Éd. Pocket Jeunesse, 257 pages

Après avoir été renvoyé du collège, Holden erre pendant trois jours dans les rues de New York. L'histoire consiste en cette courte descente aux enfers, dans les entrailles d'une ville pleine de désillusions. Roman culte aux États-Unis, adulé par la génération d'après-guerre, *L'attrape-cœurs* a été jugé choquant à l'époque parce qu'il dénonçait l'hypocrisie des adultes, employait un langage cru et dépeignait l'adolescence telle qu'elle était et non pas telle que l'Amérique la rêvait. La fugue de cet adolescent, Holden Caufield, devenu depuis un personnage à part entière dans l'imaginaire américain, a pourtant une résonance universelle. Un roman fort qui porte en lui toute la fragilité et la rébellion de l'adolescence.

Le vieil homme et la mer

1952

Ernest Hemingway

Titre original : *The Old Man and the Sea*

Traduction : *Jean Dutourd*

Niveau :

Ernest Hemingway est né en 1899 dans l'Illinois. Écrivain majeur américain, il a été reporter et correspondant pendant la guerre civile espagnole. Il s'est suicidé en 1961.

« Il était une fois un vieil homme, tout seul dans son bateau qui pêchait au milieu du Gulf Stream. En quatre-vingt-quatre jours, il n'avait pas pris un poisson. Les quarante premiers jours, un jeune garçon l'accompagna ; mais au bout de ce temps, les parents du jeune garçon déclarèrent que le vieux était décidément et sans remède salao, ce qui veut dire aussi guignard que l'on peut l'être. »

Éd. Gallimard Jeunesse, Folio Junior, 158 pages

Un vieux pêcheur revient tous les jours au port, la barque vide. Pourtant, tous les soirs, il prépare la pêche du lendemain avec un jeune garçon, Manolin, à qui il a transmis sa passion de la mer. Un jour, l'homme trouve enfin son poisson. L'affrontement entre l'homme et l'énorme animal va durer plusieurs jours dans un combat sans merci. *Le vieil homme et la mer* vaudra à Hemingway le prix Pulitzer en 1953 et le prix Nobel de littérature en 1954. Un roman qui parle de la nature sauvage, de la solitude de l'homme face aux éléments mais aussi d'amitié et de solidarité.

Le pays où l'on n'arrive jamais

1955

André Dhôtel

Niveau :

André Dhôtel est né en 1900 dans les Ardennes. Il a été enseignant et a écrit de nombreux romans. L'année de sa parution, *Le pays où l'on n'arrive jamais* a obtenu le prix Femina. L'écrivain est mort en 1991.

« Gaspard était un beau gamin blond. Il mettait du soin à son travail et ne demandait qu'à rendre service à ses camarades, comme à sa tante. Mais personne ne voulait de ses services. On savait avec quelle facilité il vous faisait renverser un encrier, démolir une pile de livres et casser vos plumes. Jamais lui-même n'était directement responsable, mais il valait mieux se tenir à distance. »

Éd. J'ai lu, 250 pages

Gaspard, un jeune garçon, vit dans les Ardennes chez sa tante qui tient l'Auberge du grand cerf. Fils de forains, il connaît pourtant une existence morne dans son petit village. Et comme il déclenche des catastrophes autour de lui, il est régulièrement cantonné aux tâches ingrates. Un jour, un jeune fugitif se présente au bourg. Il cherche son pays. Malgré lui, Gaspard est embarqué dans une aventure à la recherche du pays de celui qui est devenu son ami. Il croisera sur sa route un étrange cheval pie, un collectionneur de moustaches, des mariniers et quantité d'autres personnages originaux. Ce voyage en forme de conte reste un classique… à faire lire aux plus jeunes !

Le lion
1958
Joseph Kessel
Niveau :

D'origine russe, Joseph Kessel est né en Argentine en 1898. Il a fait ses études à Paris puis, pendant la Première Guerre mondiale, il s'engage dans l'aviation. Kessel écrit ses premiers livres à 25 ans. En 1963, Kessel entre à l'Académie française. Il décède en 1979.

« Le lion fit glisser son mufle de mon côté. Ses yeux allèrent une fois, deux fois, trois fois à mes mains, à mes épaules, à mon visage. Il m'étudiait. Alors, avec une stupeur émerveillée, ô, instant par instant, se dissipait ma crainte, je vis dans le regard que le grand lion du Kilimandjaro tenait fixé sur moi, je vis passer des expressions qui m'étaient lisibles, qui appartenaient à mon espèce, que je pouvais nommer une à une : la curiosité, la bonhomie, la bienveillance, la générosité du puissant. »

Éd. Gallimard Jeunesse, Folio junior, 284 pages

Le narrateur de cette histoire se rend dans une réserve naturelle au Kenya, au pied du Kilimandjaro. Le directeur, John Bullit, y vit avec sa femme et sa petite fille, Patricia. L'enfant évolue naturellement dans le parc avec les bêtes sauvages et notamment un lion : King est un lion qu'elle a apprivoisé mais qui est désormais puissant et craint. Or, pour les Massaï qui vivent près de la réserve, il faut tuer un lion pour devenir un homme. Grand voyageur, Kessel rend ici hommage à la beauté de l'Afrique avec de magnifiques descriptions de paysages. C'est aussi un récit nostalgique qui célèbre l'enfance et parle de la douleur du passage à l'âge adulte.

Des fleurs pour Algernon

1959

Daniel Keyes

Titre original : *Flowers for Algernon*

Traduction : *Georges H. Gallet*

Niveau :

Daniel Keyes est né aux États-Unis en 1927. Il était dans la marine marchande avant de devenir rédacteur d'une revue d'anticipation. *Des fleurs pour Algernon* a été adapté au cinéma sous le titre *Charly*.

« 15 mars. Je suis sorti de l'hôpital, mais je n'ai pas encore repris le travail. Il ne se passe rien. J'ai passé des tas de tests et j'ai fait plusieurs sortes de courses avec Algernon. Je hais cette souris. Elle me bat toujours. Le Pr Nemur dit qu'il faut que je joue et rejoue à ces jeux et que je passe et repasse ces tests. »

Éd. Flammarion, Tribal, 463 pages

Charlie est attardé : ce grand gaillard de trente-trois ans a en fait six ans d'âge mental. Il travaille dans une boulangerie comme homme à tout faire. Un jour, on lui propose d'être cobaye pour une expérience sur l'intelligence humaine ; en effet, une souris du nom d'Algernon a déjà subi l'opération avec succès. Après l'intervention, Charlie fait d'énormes progrès intellectuels que l'on peut lire dans le journal intime qu'il commence à rédiger... Mais cette évolution n'est pas sans créer des problèmes, car il prend conscience du regard des autres et revit les traumatismes de son enfance. Ce très bon roman d'anticipation est plein de suspense... Charlie retournera-t-il à la case départ ? C'est aussi une histoire psychologique touchante et tout en finesse. À conseiller à tous !

Zazie dans le métro

1959

Raymond Queneau

Niveau :

Raymond Queneau est né au Havre en 1903. Il sera employé de banque, professeur de français, journaliste et traducteur. En 1959, *Zazie* lui assure le succès, suivie de nombreux romans, essais et poèmes. Queneau est mort en 1976.

« Doukipudonktan, se demanda Gabriel excédé. Pas possible, ils se nettoient jamais. Dans le journal, on dit qu'il y a pas onze pour cent des appartements à Paris qui ont des salles de bains, ça m'étonne pas, mais on peut se laver sans. Tous ceux-là qui m'entourent, ils doivent pas faire de grands efforts. »

Éd. Gallimard Jeunesse, Folio junior, 240 pages

Zazie va rendre visite à son oncle Gabriel à Paris. Le tonton voudrait bien lui montrer les trésors de la capitale, mais Zazie, elle, ne veut qu'une chose : prendre le métro ! Or le métro est en grève. Alors Zazie fera bien d'autres choses avec Gabriel et son ami Charles. Zazie, c'est le regard faussement candide d'une enfant sur un monde qu'elle ne connaît pas. C'est aussi la gouaille, l'argot et l'impertinence : la fillette rêve d'être institutrice pour « faire chier les mômes ». Son langage libre a permis à Queneau de défendre la langue parlée. Et si Zazie fait rire, la galerie de personnages qu'elle rencontre à Paris, dont son oncle, un personnage ambigu, fait rire elle aussi. L'argot et les inventions de langage restent modernes et amuseront les jeunes lecteurs.

Le sixième jour

1960

Andrée Chedid

Niveau :

Andrée Chedid est née au Caire en 1920. En 1946, elle s'installe à Paris et écrit de la poésie. Elle est également l'auteur de nombreux romans mais aussi de chansons, pour son petit-fils, Matthieu Chedid, alias -M-.

« Saddika rêvait de retrouver ses chambres de lessive (situées sur des terrasses, posées dans le ciel) et d'y mener Hassan comme elle le faisait autrefois. Assise devant une cuvette en étain, les bras jusqu'aux coudes dans l'eau savonneuse, elle lavait le linge et l'enfant s'amusait autour d'elle. Dans les quartiers riches, penché au-dessus du parapet il observait ce monde d'en-bas. »

Librio, 128 pages

Pour Saddika, son petit-fils Hassan est la prunelle de ses yeux. Dans son village, le choléra a emporté de nombreuses vies. Or la maladie gagne la ville. C'est d'abord l'instituteur que l'on emmène à l'hôpital et qui ne revient pas. Il a pourtant affirmé qu'il fallait tenir six jours et qu'ensuite on était guéri. Quand Hassan tombe à son tour malade, sa grand-mère refuse de le confier à la médecine, persuadée qu'elle ne le reverra pas. Pendant six jours, elle ne le quitte pas, le cache aux yeux de tous et l'emmène sur une felouque vers la mer qu'il a toujours rêvé de voir. Ce récit tout court et empreint de poésie est très touchant. Le combat de cette femme qui refuse la fatalité et surmonte tous les obstacles grâce à la force de son amour a des allures de conte. Et pourtant, l'écrivain décrit avec beaucoup de réalisme son pays natal. Destiné aux adultes, ce roman a aussi rencontré un public plus jeune et c'est bien normal !

L'eau des collines
T. 1, Jean de Florette

1963

Marcel Pagnol

Niveau :

Né à Aubagne en 1895, Marcel Pagnol était écrivain, dramaturge et cinéaste. Il a réalisé de nombreux films (*César*, *La femme du boulanger*...) et écrit ses souvenirs d'enfance. À 51 ans, il entre à l'Académie française. Pagnol est décédé en 1974.

« Les Bastides Blanches, c'était une paroisse de cent cinquante habitants, perchée sur la proue de l'un des derniers contreforts du massif de l'Étoile, à deux lieues d'Aubagne... Une route de terre y conduisait par une montée si abrupte que de loin elle paraissait verticale : mais du côté des collines, il n'en sortait qu'un chemin muletier, d'où partaient quelques sentiers qui menaient au ciel. »

Éd. de Fallois, Fortunio, 285 pages

Un citadin, Jean de Florette, débarque dans un petit village provençal enthousiasmé à l'idée de cultiver la terre. Mais il se tue à la tâche car l'eau fait cruellement défaut. Ce qu'il ne sait pas, c'est que les Soubeyran, autrement dit le Papet et son neveu Ugolin, convoitent ses terres et ont tari la source pour le décourager. Ce crime, ils le paieront des années plus tard, lorsque la fille de Jean, Manon, reviendra se venger. Pourquoi *L'eau des collines* plutôt que *La gloire de mon père* et *Le château de ma mère* étudiés à l'école ? Plus complexe et moins nostalgique que les souvenirs d'enfance de Pagnol, ce diptyque est un roman noir : une sombre vengeance et un drame familial dans un monde paysan cruel et mesquin. C'est une véritable tragédie du terroir qui n'a pas pris une ride.

Mon ami Frédéric

1963

Hans Peter Richter

Titre original : *Damals war es Friedrich*

Traduction : *Anne Georges*

Niveau :

Hans Peter Richter est né en Allemagne en 1925. Ce sociologue a écrit plusieurs romans dont *Mon ami Frédéric* et *J'avais deux camarades*. Il est décédé en 1993.

« L'un d'entre vous doit quitter notre école. Frédéric Schneider ne viendra plus en classe chez nous ; il doit fréquenter maintenant une école juive parce qu'il est de croyance juive. Il ne s'agit pas là d'une punition mais d'un changement. J'espère que vous le comprendrez et resterez l'ami de Frédéric, tout comme je demeurerai le sien, lors même qu'il ne sera plus dans ma classe... »

Éd. du Livre de Poche Jeunesse, 221 pages

Ils sont nés le même jour, habitent le même immeuble et sont amis. Mais l'un d'eux, Frédéric, est juif et le nazisme commence à gagner du terrain. Par petites touches – de banals événements du quotidien – la discrimination envers la famille de Frédéric s'intensifie. Et son ami assiste, impuissant, à sa descente aux enfers. Classique de la littérature jeunesse, cette histoire au style dépouillé – les faits se succèdent inexorablement – est pourtant une émouvante histoire d'amitié. Pas de démonstration ici, juste un récit-témoignage sur la Seconde Guerre mondiale.

Charlie et la chocolaterie

1964

Roald Dahl

Titre original : *Charlie and the Chocolate Factory*
Traduction : *Elisabeth Gaspar*
Illustrations : *Quentin Blake*
Niveau :

Roald Dahl est né au pays de Galles en 1916. Il sera pilote de chasse dans la Royal Air Force avant de se lancer dans l'écriture. Son premier succès, *Charlie et la chocolaterie*, sera suivi de quantité d'histoires irrévérencieuses – illustrées par son complice Quentin Blake – qui ont marqué des générations. Il est décédé en 1990.

« Une fois par an seulement, le jour de son anniversaire, Charlie Bucket avait droit à un peu de chocolat. Toute la famille faisait des économies en prévision de cette fête exceptionnelle et, le grand jour arrivé, Charlie se voyait offrir une petite tablette de chocolat, pour lui tout seul. »

Éd. Gallimard Jeunesse, Folio junior, 210 pages

Le jour où Charlie gagne à la loterie organisée par le chocolatier Willy Wonka, c'est la fête ! Il est invité à visiter le monde merveilleux de Wonka, un monde où les glaces ne fondent jamais, où les sucreries sont inépuisables... Le tout orchestré par de petits bonshommes, les Oompa loompa, qui travaillent sans relâche dans cette usine incroyable. Les cinq gagnants ont droit à une visite guidée par l'extravagant Willy Wonka mais attention à la gourmandise... Comment présenter ce géant de la littérature jeunesse ? Ses inventions ont fait rêver des générations de lecteurs, inspiré les grands cinéastes – dont Tim Burton qui en a réalisé l'adaptation en 2005. Depuis 1972, ce roman enchante ses lecteurs avec son imaginaire sans bornes – ah les chewing-gums qui ne perdent jamais leur goût ! –, son héros pauvre et sage aux antipodes de la folie de Wonka, ses pygmées affairés... L'histoire incontournable d'un auteur essentiel aux petits et aux plus grands !

Le perroquet qui bégayait

1964

Alfred Hitchcock

Titre original : *The Mystery of the Stuttering Parrot*

Traduction : *Vladimir Volkoff*

Niveau :

Alfred Hitchcock est né à Londres en 1899. Il a réalisé de très nombreux films dont *La main au collet, Fenêtre sur cour, Rebecca*... Il est mort à Hollywood en 1980.

« Il y a trois jours je suis allé me promener, laissant ma porte et ma fenêtre ouvertes. Lorsque je suis rentré, Shakespeare avait disparu. Il y avait des traces de pneus dans mon allée : or je ne possède pas de voiture. Il était donc clair que Shakespeare avait été enlevé. »

Éd. du Livre de Poche Jeunesse, 246 pages

Les trois détectives, Bob, Peter et Hannibal, sont sur une affaire confiée par... M. Hitchcock lui-même ! Le perroquet d'un comédien, Shakespeare, a disparu. Nos trois enquêteurs découvrent bientôt que sept volatiles ont disparu et qu'ils sont la clef qui pourrait bien mener à un trésor ! Hitchcock n'était pas seulement un grand cinéaste mais également un écrivain. Il a écrit des recueils : *Histoires à faire peur, Histoires à ne pas lire la nuit*... et la série des *Trois détectives*. Moins effrayantes car destinées à un public plus jeune, les histoires de cette série font appel au sens de la déduction du lecteur. Et même si la langue est un peu démodée, cette enquête est un premier pas vers d'autres histoires vraiment effrayantes !

Le petit Nicolas

1964

Jean-Jacques Sempé et René Goscinny

Niveau :

René Goscinny, né en 1926 et décédé en 1977, est aussi le père d'*Astérix* et le scénariste de *Lucky Luke* entre autres. Jean-Jacques Sempé, né en 1932, est un illustrateur de talent qui a travaillé pour *Paris-Match*, le *Newyorker*... De leur rencontre en 1956 naîtra *Le petit Nicolas*.

« Ce matin, nous sommes tous arrivés à l'école bien contents, parce qu'on va prendre une photo de la classe qui sera pour nous un souvenir que nous allons chérir toute notre vie, comme nous l'a dit la maîtresse. Elle nous a dit aussi de venir bien propres et bien coiffés. »

Éd. Gallimard Jeunesse, Folio junior, 167 pages

Dans la bande de Nicolas, il y a : Alceste qui mange tout le temps, Eudes le bagarreur, Geoffroy qui a un papa très riche, Agnan le premier de la classe et tout un tas d'autres copains. Et la vie de Nicolas n'est pas de tout repos entre la photo de classe et le carnet de notes à faire signer... Bref, la vie d'un garçon normal. *Le petit Nicolas* a quarante-cinq ans et il n'a pas pris une ride ! Parce que c'est une œuvre intemporelle, une vraie plongée dans l'enfance et un régal de fausse innocence et de vraie tendresse. Le duo Sempé-Goscinny fonctionne à merveille et croque les tracas du quotidien avec ironie et finesse. Des histoires inédites, bientôt un film et un dessin animé... Le héros est à la mode et il peut être lu aussi bien par les petits que par les grands nostalgiques !

Le Seigneur des anneaux
T. 1, La communauté de l'anneau

1966

J.R.R. Tolkien

Titre original : *The Lord of the Ring*

Traduction : *F. Ledoux*

Niveau :

John Ronald Reuel Tolkien est né en Afrique du Sud en 1892. Il passe son enfance en Angleterre et devient professeur à Oxford. À 44 ans, Tolkien écrit son premier roman, *Bilbo le Hobbit*. Une vingtaine d'années plus tard, paraît une suite demandée par son éditeur, *Le Seigneur des anneaux* (en 3 tomes). Tolkien est mort en 1973.

« Une fois de plus, le désir de glisser l'anneau à son doigt s'empara de Frodon ; mais cette fois, il était plus fort qu'auparavant. Si fort qu'avant de se rendre compte de ce qu'il faisait, sa main tâtonnait dans sa poche. Mais à ce moment se fit entendre le son de chants et de rires mêlés. De claires voix s'élevaient et retombaient dans la nuit étoilée. L'ombre noire se redressa et se retira. Elle grimpa sur le cheval indistinct et sembla disparaître dans les ténèbres de l'autre côté du chemin. »

Éd. Gallimard Jeunesse, Folio junior, 717 pages

Difficile de résumer cette œuvre monumentale. Sachez qu'elle s'ouvre sur l'univers des hobbits, ces petites créatures pleines de joie de vivre inventées par Tolkien. L'un d'entre eux, Frodon, possède un anneau magique aux pouvoirs immenses. Or cet anneau est convoité par Sauron, qui n'hésite pas à convoquer les forces du mal pour mettre la main dessus. Du coup, Frodon et ses amis, aidés par Gandalf le magicien, doivent à tout prix préserver l'anneau. La suite ? Elle s'étend sur plus de deux mille pages ! Aujourd'hui, rares sont les auteurs de fantasy qui ne se réclament pas de Tolkien. L'écrivain a donné une popularité au genre tout entier. Il a su mêler saga scandinave, mythologie germanique et féerie pour le plus grand bonheur des petits et des grands. Le cinéaste Peter Jackson a adapté *Le Seigneur des anneaux* entre 2001 et 2003 ; ces films ont connu un immense succès populaire. Vous avez vu le film ? Lisez donc ce livre définitivement indispensable !

Mon bel oranger

1969

José Mauro de Vasconcelos

Titre original : *Méu peu de laranja lima*

Traduction : *Alice Raillard*

Niveau :

José Mauro de Vasconcelos est né à Rio de Janeiro en 1920. *Mon bel oranger* reste son livre le plus célèbre, et s'inspire de son enfance difficile. Il est décédé en 1984.

« La main dans la main, nous marchions dans la rue sans nous presser. Totoca m'apprenait la vie. Et moi, j'étais très content parce que mon frère aîné me donnait la main et m'apprenait les choses. Il m'apprenait les choses hors de la maison. Parce qu'à la maison je m'instruisais en faisant mes découvertes tout seul, et en les faisant tout seul je me trompais, et en me trompant je finissais toujours par recevoir une fessée. »

Éd. du Livre de Poche Jeunesse, 251 pages

À cinq ans, Zézé est un sacré animal : un petit garçon brésilien pauvre qui sait déjà lire, raisonne parfois comme un adulte et découvre les sentiments. Il parle à son oranger qui devient son confident et l'aide à surmonter ses misères – il est régulièrement battu pour ses bêtises. Sa rencontre avec le « Portugais », qui va devenir son ami, ensoleille son quotidien. Ce roman est un classique de la littérature jeunesse et continue d'émouvoir des générations de lecteurs. La gouaille du héros et sa débrouillardise en font un personnage touchant sans être larmoyant.

Jonathan Livingston le goéland

1970

Richard Bach

Titre original : *Jonathan Livingston Seagull*

Traduction : *Pierre Clostermann*

Niveau :

L'Américain Richard Bach, né en 1936, est pilote et écrivain.. *Jonathan Livingston,* paru en 1970 et traduit dans le monde entier, reste son roman le plus connu.

« C'était le matin et l'or d'un soleil tout neuf tremblait sur les rides d'une mer paisible. À une encablure du rivage, le bateau de pêche, relevant ses filets, invitait au petit-déjeuner, et son appel transmis dans les airs attira mille goélands virevoltant et se disputant les débris de poisson. Une nouvelle journée de labeur commençait ainsi. »

Librio, 96 pages

Jonathan Livingston n'est pas un goéland comme les autres. Contrairement à ses semblables qui ne songent qu'à se nourrir, ce solitaire ne pense qu'à une chose : voler. Alors il s'entraîne sans relâche. Il vole pour la beauté du geste, la vitesse, la sensation plutôt que pour pêcher. Mais le clan n'est pas du même avis et Jonathan est exclu. Mais il continue de s'exercer, seul, triste de ne pouvoir partager son savoir. Jusqu'au jour où il rencontre des amis. Faut-il tout quitter pour être libre ?

Cette histoire est une fable sur la liberté et le dépassement de soi. Comme tous les romans à portée universelle, il a un peu pâti d'une réputation new age, type développement personnel. Cela reste pourtant une jolie histoire, une lecture simple et émouvante pour les jeunes à partir de dix ans.

Vendredi ou la vie sauvage

1971

Michel Tournier

Niveau :

Michel Tournier est né en 1924. Il a écrit de nombreux ouvrages et a reçu le prix Goncourt en 1970 pour son roman *Le roi des aulnes*.

« Robinson s'était longtemps demandé comment il appellerait l'Indien. Il ne voulait pas lui donner un nom chrétien aussi longtemps qu'il ne serait pas baptisé. Il décida finalement de lui donner le nom du jour où il l'avait recueilli. C'est ainsi que le second habitant de l'île s'appela Vendredi. »

Éd. Gallimard Jeunesse, Folio junior, 167 pages

L'histoire se passe en 1759. Le bateau *La Virginie* fait naufrage et il ne reste qu'un survivant, Robinson. Seul face à la nature sauvage, l'homme s'organise pour survivre : il cultive, se construit une maison et tient un journal. Un jour, alors qu'il se croyait abandonné, Robinson rencontre un Indien qu'il fera esclave de son maigre royaume.

Qui n'a pas rêvé de jouer les Robinson ? Ce rêve-là peut tourner au cauchemar, et, plus qu'un roman d'aventures, le récit de Tournier porte une dimension philosophique sur la relation à l'autre. En adaptant son *Vendredi ou les limbes du Pacifique* pour la jeunesse, Tournier a connu un grand succès et son roman fait désormais figure de classique.

L'ami retrouvé

1971

Fred Uhlman

Titre original : *Reunion*

Traduction : *Léo Lack*

Niveau :

Fred Uhlman est né en Allemagne en 1901. Avocat et juif, il doit fuir son pays après les élections de 1933. Il meurt en Angleterre, sa patrie d'adoption, en 1985.

« Je puis me rappeler le jour et l'heure où, pour la première fois, mon regard se posa sur ce garçon qui allait devenir la source de mon plus grand bonheur et de mon plus grand désespoir. C'était deux jours avant mon seizième anniversaire, à trois heures de l'après-midi, par une grise et sombre journée d'hiver allemand. »

Éd. Gallimard Jeunesse, Folio junior, 110 pages

Allemagne 1932. Deux garçons se rencontrent. L'un est juif, l'autre pas. L'un est fils de médecin, l'autre vient d'une famille aristocratique. Le premier s'appelle Hans Schwarz, le second Conrad von Hohenfels. C'est le début d'une amitié sincère, exclusive et bientôt douloureuse : Hans découvre que la famille de son ami est sympathisante des idées nazies. Tandis que la haine gronde et qu'Hitler va prendre le pouvoir, Hans est obligé de fuir et de quitter son ami. Une séparation difficile puisque Conrad partage les idées du futur dictateur... Des années après, Hans refuse de se souvenir de l'ami qu'il a laissé derrière lui. Qu'est-il devenu ? Pourquoi ce roman court est-il devenu un classique étudié dans les écoles ? Parce qu'il croise la petite et la grande histoire, celle d'une amitié sur fond de montée du nazisme.

La guerre des chocolats

1974

Robert Cormier

Titre original : *The Chocolate War*

Traduction : *Michèle Poslaniec*

Niveau :

> Robert Cormier, journaliste et écrivain américain, est né en 1927. Ses romans comme *Je suis le fromage*, *À la brocante du cœur* lui ont valu une reconnaissance internationale. Il est mort en 2000.

« Cacahuète regardait Jerry, incrédule. Était-ce bien Jerry Renault qui avait toujours l'air un peu inquiet, pas trop sûr de lui, même après avoir réalisé une passe magnifique, et qui paraissait toujours un peu désorienté – était-ce lui réellement qui défiait Frère Léon ? »

Éd. de l'École des Loisirs, Médium, 216 pages

Derrière ce titre trompeur, se cache un récit cruel d'une rare force. La cruauté, c'est celle d'un collège dans lequel les vrais chefs forment une bande, les Vigiles, une organisation secrète redoutable et spécialiste du bizutage. Une inoffensive vente de chocolats pour l'école se transforme en véritable guerre des nerfs. Jerry, pourtant pas un dur, refuse ce système qui broie les êtres humains ; il ne sera pas un mouton ! Mais il faudra s'opposer au sadique Frère Léon et à Archie, le chef des Vigiles. On est loin du cliché des écoles américaines mais plutôt au cœur des petites lâchetés quotidiennes et de la perversion d'un système collectif. Robert Cormier a toujours eu à cœur de les dénoncer dans ses récits qui frappent comme un coup de poing…

La vie devant soi
1975
Romain Gary
Niveau :

> Romain Gary, né en 1914, est un romancier français d'origine russe. Il a reçu deux fois le prix Goncourt, pour *Les racines du ciel* et *La vie devant soi*, écrit sous le pseudonyme d'Émile Ajar. Il a écrit de nombreux romans, avant de se donner la mort en 1980.

« La première chose que je peux vous dire c'est qu'on habitait au sixième à pied et que pour Madame Rosa, avec tous ces kilos qu'elle portait sur elle et seulement deux jambes, c'était une vraie source de vie quotidienne, avec tous les soucis et les peines. Elle nous le rappelait chaque fois qu'elle ne se plaignait pas d'autre part, car elle était également juive. »

Éd. Gallimard, Folio, 273 pages

Momo n'a ni père ni mère, il vit chez Madame Rosa avec d'autres enfants comme lui, des « enfants de putes ». Précoce et sensible, Momo se pose des questions sur la vie. Peut-on vivre sans amour ? Qui est sa mère ? Entre Momo et Madame Rosa, c'est une histoire de solidarité et d'amour entre rires et larmes. Pour aborder l'œuvre de Romain Gary, il faut commencer par *La vie devant soi*. Gageons qu'après cela, le lecteur n'attendra pas forcément le nombre des années pour se plonger dans *Les promesses de l'aube* ou *Chien blanc* ! L'homme aux mille vies – aviateur, diplomate, écrivain – a produit une œuvre foisonnante, drôle et tragique à la fois, qui ne peut pas laisser indifférent.

Les mondes de Chrestomanci
T. 1, Ma sœur est une sorcière

1977

Diana Wynne Jones

Titre original : *Charmed Life*
Traduction : *Florence Seyvos*
Niveau :

Diana Wynne Jones est née à Londres en 1934. Elle est l'auteur de romans pour la jeunesse dont *Les mondes de Chrestomanci*, *La conspiration Merlin* et *Le château de Hurle*, adapté en film d'animation par le Japonais Miyasaki (*Le château ambulant*). Cette grande dame de la fantasy a écrit trente romans et reçu de nombreux prix.

« Chat Arcand admirait Gwendoline, sa sœur aînée. C'était une sorcière. Il l'admirait et s'accrochait à elle. De grands changements survinrent dans leur vie qui ne lui laissèrent personne d'autre à qui s'accrocher. »

Éd. Gallimard Jeunesse, Folio junior, 298 pages

Chat et Gwendoline sont rescapés d'un naufrage et recueillis par le mage Chrestomanci dans un immense château. Contrairement à son frère, Gwendoline est une sorcière et elle entend bien montrer l'étendue de ses talents. Mais elle se fait confisquer ses pouvoirs et décide de partir vers un autre monde. Chrestomanci n'est pas une personne mais un poste que l'on confie à un enchanteur ayant neuf vies pour éviter les abus de pouvoirs magiques. L'auteur a créé un univers poétique et subtil qui a probablement inspiré une génération d'auteurs de fantasy. Antérieure à Harry Potter, cette série est un régal d'humour et de magie, à faire lire aux plus jeunes.

L'histoire sans fin

1979

Michael Ende

Titre original : *Die unendliche Geschichte*

Traduction : *Dominique Autrand*

Niveau :

Michael Ende est né en Allemagne en 1929. Il a été acteur et critique littéraire avant d'écrire plusieurs romans qui se sont vendus à vingt millions d'exemplaires à travers le monde.

« Il regardait fixement le titre du livre et il se sentait alternativement bouillant et glacé. C'était bien là ce dont il avait tant de fois rêvé, ce qu'il souhaitait depuis le jour où la passion des livres s'était emparée de lui : une histoire qui ne finit jamais ! Le livre des livres ! »

Éd. du Livre de Poche, 497 pages

Bastien, un garçon complexé et solitaire, se réfugie dans la lecture. Un jour, il entre dans une librairie et tombe sur un livre intitulé *L'histoire sans fin*. Malgré les avertissements du libraire, il dérobe l'ouvrage. Au fil de sa lecture, l'enfant devient un des protagonistes de l'histoire, chargé de sauver le Pays Fantastique. Autant dans la vraie vie Bastien est réservé, autant dans le livre il devient un héros. Mais tous nos actes ont des conséquences, même dans le monde imaginaire… Dans les années 1980, *L'histoire sans fin* a conquis des millions de lecteurs. Sans doute parce qu'il met à la portée de tous le merveilleux et permet au lecteur de s'identifier à ce garçon ordinaire qui va vivre une aventure extraordinaire.

Le garçon qui voulait devenir un être humain
T. 1, Le naufrage

1979

Jørn Riel

Titre original : *Drengen som ville vœre menneske*
Traduction : *Susanne Juul et Bernard Saint Bonnet*
Niveau :

Jørn Riel est né au Danemark en 1931. Il a vécu seize ans au Groenland, expérience dont il a tiré de nombreux livres. Aujourd'hui, il vit en Malaisie et partage son temps entre l'écriture et l'ethnologie

« Leiv Steinursson était en train de rire aux éclats au moment où son père fut assassiné. Et cela n'avait rien d'étrange. Parce qu'à l'instant même de l'assassinat, l'oncle de Leiv, Helge, trébuchait sur une corde que Leiv avait tendue entre le puits et la porte de l'étable et s'étalait, la tête la première, en plein dans une bouse de vache encore fumante. »

Éd. Gaïa, 88 pages

Pour venger la mort de son père, un jeune Viking, Leiv, embarque sur un drakkar dirigé par Thorstein qui n'est autre que l'assassin du père du garçon. Mais un imprévu surgit : le bateau fait naufrage et Leiv est recueilli par une fille et un garçon inuit, Narua et Apuluk. Leiv, qui n'a connu que la brutalité de son peuple, découvre un monde de tolérance et de solidarité. Bientôt le trio va devenir inséparable. Pourquoi Leiv veut-il devenir un « être humain » ? Parce que c'est ainsi que se nomment les Inuits. Les adultes connaissent certainement les racontars, ces récits de trappeurs absurdes et drolatiques de Jørn Riel. Ce magnifique récit initiatique, qui comprend trois courts tomes, est destiné à tous. Plus qu'une découverte des peuples du Nord, c'est une saga à la portée universelle : amitié, amour et tolérance portés par une écriture simple et lumineuse. Un coup de cœur !

Les aventures de David Eliot
T. 1, L'île du crâne

1983

Anthony Horowitz

Titre original : *Groosham Grange*
Traduction : *Annick Le Goyat*
Niveau :

> Anthony Horowitz est né en Angleterre en 1956. Il a écrit une cinquantaine de romans pour la jeunesse, des romans policiers, fantastiques ou d'horreur. Horowitz est également l'auteur de la série à succès *Alex Rider*, l'espion adolescent.

« Groosham Grange est situé sur une île privée, au large de la côte du Norfolk. Aucun service régulier de ferry ne dessert l'île, il n'y a donc pas de congés fixes. En réalité, les élèves n'ont droit qu'à un seul jour de vacances par an. Les parents ne sont jamais invités à l'école, sauf en cas de circonstances exceptionnelles, et seulement s'ils savent nager. »

Éd. du Livre de Poche Jeunesse, 180 pages

David est renvoyé du collège. Ses parents l'envoient alors en pension sur l'île du Crâne. Une pension aux allures de château hanté qui se révèle être une école de sorciers. David apprend alors qu'il fait partie d'une lignée de sorciers… Une école de sorciers, ça vous rappelle quelque chose ? Et pourtant, cette histoire a été écrite bien avant Harry Potter. En deux volumes, on y trouve un humour férocement noir, du suspense et de l'action. Ce livre est écrit par une star de la littérature de jeunesse dont on peut lire absolument tous les livres. Immanquable !

Harry est fou

1984

Dick King-Smith

Titre original : *Harry's Mad*

Traduction : *Michelle Esclapez*

Niveau :

Dick King-Smith est né en Angleterre en 1922. Après avoir été soldat, fermier et instituteur, il publie son premier livre pour la jeunesse à 54 ans. Depuis il en a écrit quatre-vingts dont *Babe, le cochon devenu berger*.

« Harry se retrouva le souffle coupé, allongé de tout son long sur le plancher du rez-de-chaussée, sous le regard résigné de ses parents. C'est alors que la porte de la boîte aux lettres s'ouvrit lentement, laissant échapper une large enveloppe qui, tel un oiseau, vint se poser sur la poitrine d'Harry. C'était une lourde enveloppe, d'apparence officielle, portant un grand nombre de timbres. »

Éd. Gallimard Jeunesse, Folio junior, 135 pages

Harry est fou de joie quand il apprend qu'il va hériter d'un oncle d'Amérique ! Seulement, l'héritage en question est un perroquet. Le volatile, appelé Madison, est d'abord muet. Mais il va vite se révéler un ami indispensable : il aide Harry à faire ses devoirs, répond au téléphone, sait jouer aux échecs et résoudre les mots croisés du papa. Alors le jour où Madison est enlevé par un cambrioleur, Harry est dans tous ses états. Mais c'est sans compter la perspicacité de l'incroyable perroquet. Dick King-Smith est – avec Roald Dahl – l'un des auteurs britanniques les plus populaires. À juste titre d'ailleurs, car ses romans qui mettent en scène des animaux vraiment malins sont drôles et tendres. Les plus jeunes lecteurs se régaleront à la lecture de cette histoire d'amitié pleine de fantaisie et d'originalité.

Que cent fleurs s'épanouissent

1986

Feng Jicaï

Titre original : 百花齐放

Traduction : *Marie-France de Mirbeck et Antoinette Nodot*

Niveau :

Feng Jicaï est né en 1942 en Chine. Il a d'abord été peintre puis, en 1978, il prend la décision de devenir écrivain. Ce roman a obtenu le prix Sorcières en 1991.

« Le train s'était déjà arrêté trois fois et, dans mon compartiment, la couchette d'en face était toujours libre. Avec un peu de chance, elle le resterait. Pendant ces longs trajets, le mieux était encore de ne pas avoir de voisin du tout. Car, à cette époque, au début des années soixante-dix, un homme libre et indépendant courait de véritables risques à se lier avec un inconnu. »

Éd. Gallimard Jeunesse, Scripto, 124 pages

Dans un train en Chine, deux hommes se rencontrent. L'un raconte à l'autre son incroyable histoire. Le héros, Hua Xiayu, un peintre plein de talent, s'est retrouvé dans une fabrique de céramique au fin fond de la Chine. « Quel crime ai-je donc commis ? » s'interroge l'infortuné. Sa vie devient infernale : humiliations, pauvreté et, pire, il perd la femme qu'il aime et est envoyé dans un camp de rééducation. Mais l'homme a foi en l'art et surmonte toutes les épreuves, grâce à un chien bien plus humain que les bourreaux de Hua Xiayu. Cette tragédie se déroule dans la Chine de Mao, d'où son titre « Que cent fleurs s'épanouissent », le mot d'ordre du dictateur chinois en 1956 qui exhortait chacun à exprimer ses opinions. Un an plus tard, il fera persécuter tous ceux qui ont cru à cette liberté, puis, en 1966, ce sera la Révolution culturelle. Une histoire touchante dans laquelle le héros est prisonnier d'un destin absurde, d'une intolérance qui le dépasse et le brise. C'est aussi une belle réflexion sur l'art et la création.

Léon l'Africain
1986
Amin Maalouf
Niveau : ❧❧❧

Amin Maalouf est né au Liban en 1949 et vit en France depuis 1976. Romancier, essayiste et historien, il a également été journaliste. Il a reçu le prix Goncourt pour *Le rocher de Tanios* en 1993.

« Je venais de naître, par la grâce imparable du Très-Haut, aux derniers jours de *chaabane*, juste avant le début du mois saint, et Salma ma mère était dispensée de jeûner en attendant qu'elle se rétablisse, et Mohamed mon père était dispensé de grogner, même aux heures de faim et de chaleur, car la naissance d'un fils qui portera son nom, et un jour ses armes, est pour tout homme un sujet de réjouissance légitime. »

Éd. du Livre de Poche Jeunesse, 575 pages

Impossible de résumer cette histoire très dense et riche en péripéties. Sachez seulement que le héros de cette histoire, Hassan al-Wazan – qui a réellement existé –, naît à Grenade en Andalousie au XVe siècle. Lorsque les rois catholiques s'emparent de la ville, il se réfugie au Maroc avec sa famille. C'est le premier d'une longue série de voyages dans le monde arabe. Le pape Léon X l'adoptera, d'où son surnom de Léon l'Africain. L'ouvrage peut paraître difficile, mais sous la plume du formidable conteur qu'est Maalouf, chaque année de la vie du héros est une aventure teintée d'humour. Beaucoup de rebondissements dans la vie d'Hassan – enlevé par des marins siciliens ! – qui côtoie l'histoire grâce à sa fonction de diplomate. Un grand récit d'aventures à faire découvrir aux plus grands.

Madame Doubtfire : quand papa était femme de ménage

1987

Anne Fine

Titre original : *Miss Doubtfire*
Traduction : *Florence Seyvos*
Niveau :

Anne Fine est née en 1947 en Angleterre. Ses romans ont reçu de nombreux prix et *Madame Doubtfire* a été porté à l'écran. En 2001, Anne Fine a été ambassadrice de littérature de jeunesse dans son pays.

« Ce n'est pas juste. C'est le week-end de Papa. Elle n'avait pas à attendre ce jour-là pour nous acheter des affaires. D'ailleurs, j'ai seulement besoin de chaussettes. Papa peut bien acheter des chaussettes.
— Évidemment, je le peux ! l'assura Daniel. Je peux acheter des jupes aussi. Et des chaussures de gym, et des tricots en laine, et même des culottes de fille. »

Éd. de l'École des Loisirs, Médium, 249 pages

Dans un divorce, c'est bien connu, ce sont les enfants qui trinquent. Ceux-là sont écartelés entre une mère assez rigide et un père, Daniel, acteur fantaisiste, au chômage et en manque de ses enfants. Lorsque leur mère veut embaucher une gouvernante, la perle rare se présente sous les traits de Mlle Doubtfire. Le loup est entré dans la bergerie car il s'agit bien sûr... de Daniel ! Si l'adaptation cinématographique était une grosse comédie avec Robin Williams dans le rôle-titre, le livre est plus en finesse. Le portrait des parents, derrière la comédie, est en demi-teinte. On retrouve toute la fantaisie d'Anne Fine et son don pour la peinture d'humains... trop humains.

Le grand livre des gnomes

1989

Terry Pratchett

Titre original : *Truckers, Diggers, Wings*

Traduction : *Patrick Marcel*

Niveau :

Terry Pratchett est un écrivain anglais né en 1948. Il a d'abord été journaliste avant de se consacrer entièrement à l'écriture, notamment ses *Annales du Disquemonde*, parodie de fantasy.

« Masklinn était prêt à parier qu'ils ne mangeaient pas de rat, eux. Les humains avaient vraiment la belle vie. Ils étaient gros et lents, mais ils n'étaient pas obligés de vivre dans des terriers humides, ou d'attendre que de vieilles gâteuses laissent le feu s'éteindre. Ils n'avaient jamais de vers dans leur thé. Ils allaient où bon leur semblait, ils faisaient ce qui leur chantait. Le monde était à eux. »

Éd. J'ai lu, 509 pages

Des gnomes vivent dans un grand magasin, invisibles aux yeux des humains. Le directeur du magasin est une divinité pour eux. Le jour où débarque Masklinn, un gnome qui vient du « dehors », ils découvrent qu'il y a une vie à l'extérieur. Bien malgré lui, Masklinn devient leur chef de file. Il doit alors les guider vers la terre promise car le magasin est sur le point d'être rasé. Dans ce micromonde, tout est inversé : les soldes rythment les saisons, les rats servent de moyen de locomotion et les humains sont idiots. Pratchett, très habile dans l'art de la dérision, offre un excellent roman parodique, drôle mais aussi critique de la société de consommation. Qu'on aime la fantasy ou non, les *Gnomes* sont vraiment indispensables !

Les aventures de Lockie Leonard
T. 1, L'amour est la septième vague

1990

Tim Winton

Titre original : *Lockie Leonard, Human Torpedo*

Traduction : *Nadine Gassié*

Niveau : ꕥꕥ

Tim Winton est australien, il est né en 1960. Il a écrit des livres pour les jeunes et aussi pour les adultes, publiés en France par les éditions Rivages.

« Le jour où Lockie débarqua dans cette ville, il pleuvait. La vieille Falcon familiale avait été chargée comme un bateau de réfugiés, et les Leonard avaient quitté la grande ville pour venir s'installer dans ce trou perdu. Toute la famille essayait d'avoir l'air gai, mais l'endroit semblait vraiment minable. »

Éd. de l'École des Loisirs, Médium, 179 pages

La famille Leonard a quitté la grande ville pour s'installer dans un bled paumé sur la côte australienne. Nouvelle maison – au milieu d'un marécage –, nouveau lycée et bizutage : pour Lockie, l'année commence très mal ! Heureusement qu'il a sa planche de surf et qu'il rencontre la jolie Vicky. Comment ne pas aimer les Leonard ? Le père flic et poète, la mère débordée, le petit frère qui mouille encore son lit et la cadette qui dévore le lino… voilà une tribu gentiment déjantée. Que l'on soit fan de surf ou non, l'essentiel est dans ce regard neuf posé sur l'adolescence, avec ses difficultés et ses joies – l'amour, le sexe, l'amitié, les relations familiales. Rarement un auteur aura su être aussi juste et aussi drôle sur le sujet. Cette trilogie est un vrai régal d'originalité qui donne le sourire. Un coup de cœur !

Amkoullel, l'enfant peul
1991
Amadou Hampâté Bâ
Niveau :

Amadou Hampâté Bâ est né au Mali en 1900, dans une famille aristocratique peule. Il a été ethnologue et a écrit des romans, des contes et des poèmes. Ses mémoires, *Amkoullel, l'enfant peul,* et *Oui mon commandant !* ont été publiés après sa mort, en 1991.

« À force de les entraîner au bain, à la cueillette, au maraudage des jardins potagers, d'organiser avec eux des courses à pied, des danses au clair de lune et des séances de récitation de contes, Daouda et moi finîmes par rassembler autour de nous un petit groupe décidé à nous suivre partout, parfois même contre le gré de leurs parents. Le moment était venu de fonder notre propre association d'âge, ou waaldé. »

Éd. J'ai lu, 445 pages

« En Afrique, un vieillard qui meurt c'est une bibliothèque qui brûle », avait coutume de dire Amadou Hampâté Bâ, surnommé Amkoullel, grand défenseur des traditions orales. Avec ses mémoires, c'est toute l'Afrique de l'Ouest qui est représentée. Plus qu'un témoignage, cette enfance dans la savane de l'Afrique de l'Ouest est un formidable roman d'apprentissage. À sept ans, le jeune Amkoullel fait des kilomètres pour aller à l'école coranique ; il a soif de savoir. Élevé selon le code d'honneur peul et dans le respect de la mère, le petit garçon fait l'expérience d'une éducation stricte et traditionnelle, tandis que la colonisation suscite bien des curiosités. Entre des épisodes dramatiques et d'autres bien plus drôles, ces souvenirs de jeunesse se lisent comme un conte, un roman d'aventures. Cette chronique de la vie ordinaire d'un jeune Peul qui aura un destin extraordinaire est écrite dans une langue accessible, mais le contexte et la longueur du récit en font un roman à faire lire aux grands adolescents. Si on a aimé cet incontournable de la littérature africaine francophone, on dévorera *L'étrange destin de Wangrin*, le Robin des Bois africain.

Je ne t'aime pas, Paulus
1991
Agnès Desarthe
Niveau :

Agnès Desarthe est née en 1966. Elle a d'abord été traductrice avant de se lancer dans l'écriture de livres pour enfants et adultes. Auteur de très nombreux livres, elle a été primée pour *Un secret sans importance*.

« Si on avait été dans un film américain, tout autour de nous se serait arrêté, un halo de lumière serait tombé sur nos têtes, nous nous serions rapprochés l'un de l'autre sans marcher, comme portés par un nuage, et nous nous serions embrassés. Mais ça ne se passa pas du tout comme ça. »

Éd. de l'École des Loisirs, Médium, 236 pages

Julia apprend une nouvelle renversante : le beau Paulus en pince pour elle ! Mais tout n'est pas si simple : à la maison, les parents se disputent sans cesse, son adorable sœur Judith – qui a surnommé sa poupée « tu pues » – est collante et sa copine Johana n'a pas inventé la poudre. À lire absolument, rien que pour ce dialogue codé hilarant où il est question de Mitterrand, de peindre et de balayer… Ce qui est formidable dans ce roman, c'est que le personnage d'ado sonne vraiment juste. Proche de son héroïne, Desarthe sait aussi prendre la distance nécessaire avec une ironie mordante, pour faire de son récit une chronique de la vie ordinaire, intelligente et férocement drôle. Dix ans après, Agnès Desarthe s'est décidée à offrir à ses lecteurs un prolongement à cette histoire pleine de finesse, intitulée tout simplement *Je ne t'aime toujours pas, Paulus !*

Kamo

1992

Daniel Pennac

Niveau :

Daniel Pennac est né en 1944 au Maroc. Professeur de lettres, il démarre en 1985 la saga des Malaussène. Dans les années 1980, il écrit pour la jeunesse, *L'œil du loup* et *Cabot-caboche*. En 1992, il remporte un succès considérable avec *Comme un roman*, plaidoyer pour la lecture.

« "Oui, jusqu'à présent vous n'aviez qu'un maître par an, que vous connaissiez bien ; bon ou mauvais, vous faisiez avec. En sixième, il faudra vous habituer à six ou sept caractères différents dans la même année. (Il ajouta) : Quelquefois très différents. (Il regarda Kamo.) Il pourrait même s'en trouver un qui supporte moins bien qu'un autre les questions de Kamo..."
Là, silence. Le genre de silence où on commence à comprendre... »

Éd. Gallimard Jeunesse, 307 pages

La grande affaire de Kamo et ses copains, c'est la rentrée en sixième. Tout le monde en parle, les parents, les voisins, le facteur... sauf leur instituteur bien-aimé, M. Margelle. C'est là que Kamo a l'idée du siècle : pour les préparer au grand saut, l'instit n'a qu'à jouer tous les profs ! Et voilà que M. Margelle se prend au jeu... Est-il devenu fou ? Kamo a plutôt fait la gaffe du siècle ! Et ce n'est pas tout : Kamo aura à faire à une correspondante anglaise inquiétante, un prof de français terrorisant et bien d'autres soucis. Ces chroniques de la vie quotidienne tendres et drôles célèbrent l'amitié avec malice. Le personnage de Kamo, à la fois généreux et grande gueule, est vraiment attachant et les plus jeunes auront plaisir à le retrouver dans cette tétralogie. Les plus grands peuvent découvrir *Au bonheur des ogres*, premier tome des aventures de la tribu Malaussène.

Ippon

1993

Jean-Hugues Oppel

Niveau :

Jean-Hugues Oppel est né en 1957. Cet auteur de romans noirs écrit aussi bien pour les adultes (*Ambernave*, *Sixpack*) que pour les enfants (*Trois fêlés et un pendu*, *Nuit rouge*).

« Il y a quelqu'un dans la maison. Quelqu'un qui a intercepté l'appel téléphonique avant que Sébastien ne le fasse au poste mural de la cuisine, installé près de la hotte aspirante. Quelqu'un qui a coupé la ligne sans lui laisser le temps de répondre. Quelqu'un qui est dans la chambre de ses parents, où se trouve le second appareil. »

Éd. Syros Jeunesse, Souris noire, 92 pages

Quel enfant n'a pas été seul avec la baby-sitter un soir ? C'est à ça que servent les baby-sitters, garder les enfants, non ? Celle de Sébastien est assassinée... Le garçon se retrouve seul dans la maison, les agresseurs tapis dans l'ombre. Sa seule arme : le judo. Sébastien va-t-il s'en sortir ? La tension est à son comble dans ce récit très noir et très bien construit. Mais ce huis clos qui donne la chair de poule se termine bien. Âmes sensibles s'abstenir !

Le passeur

1994

Loïs Lowry

Titre original : *The Giver*

Traduction : *Frédérique Pressmann*

Niveau :

> Loïs Lowry est née à Honolulu en 1937. Elle a commencé à écrire à 40 ans. Elle est l'auteur de nombreux livres dont la série *Anastasia*.

« On était presque en décembre et Jonas commençait à avoir peur. Non, ce n'est pas le bon mot, pensa Jonas. La peur, c'était le sentiment de nausée profonde quand on pressentait que quelque chose allait arriver. C'est ce qu'il avait ressenti un an auparavant lorsqu'un avion non identifié avait survolé la communauté à deux reprises. »

Éd. de l'École des Loisirs, Médium, 210 pages

Dans le monde de Jonas, tout est uniforme, il n'y a ni couleurs, ni sentiments, ni libre arbitre. Tous pareils ! Or à douze ans, comme tous ceux de son âge, il se voit attribuer une fonction dans cette société, il sera dépositaire de la Mémoire. Le garçon rencontre alors le passeur qui lui confie les souvenirs les plus anciens : le plaisir mais aussi la souffrance... Jonas va découvrir qu'il vit dans un monde artificiel et mensonger. Classique de la littérature de jeunesse, *Le passeur* est un roman d'anticipation saisissant : pas de gadgets et de décors futuristes, juste la description d'une société de l'identique. Dans ce monde on élimine les déficients, les personnes âgées, on ne connaît pas les émotions et on ne se pose pas de questions ! Qui de mieux alors pour incarner le héros qu'un adolescent ? À l'âge des doutes et de tous les possibles, Lowry décrit à merveille le sentiment de révolte.

Avec tout ce qu'on a fait pour toi

1995

Marie Brantôme

Niveau :

Marie Brantôme est née à Versailles. Écrivain et scénariste, elle a beaucoup voyagé. Ce roman a obtenu le prix Sorcières en 1996.

« Messe le matin. Cimetière l'après-midi. Depuis des semaines et des semaines c'est ça le dimanche. Un jour pire que les autres et aujourd'hui pire que les autres dimanches. Parce que j'étais seule avec mon père pour faire les trois kilomètres à pied. Six en tout aller et retour. »

Éd. du Seuil Jeunesse, 186 pages

May est malheureuse : sa sœur vient de mourir écrasée par un tramway. L'adolescente a décidé d'en finir le jour de ses quinze ans. En attendant, elle tient son journal intime, seul confident possible. Difficile d'évoquer en famille la sœur disparue et le chagrin. Dans cette demeure versaillaise, le frère est insouciant, le père absent et la mère folle. May se réfugie souvent dans le parc du château de Versailles, symbole de la perte de son enfance. Envers et contre tous, la jeune fille choisira de vivre. Cette chronique des années cinquante dans une famille versaillaise désargentée est particulièrement dure. Mal-aimée par une mère qui critique sans cesse son physique, l'héroïne doit vivre seule son deuil. Et pourtant, sa révolte qui pointe et sa lucidité en font un personnage touchant et attachant. Ce roman est suivi par *Sans honte et sans regrets*.

À la croisée des mondes
T. 1, Les royaumes du Nord

1995

Philip Pullman

Titre original : *His Dark Materials* (*Northern Lights*)
Traduction : *Jean Esch*
Niveau :

Philip Pullman est anglais, il est né en 1946. Il a enseigné à Oxford. Sa série a connu un immense succès et une adaptation au cinéma. Citons également son excellente série *Sally Lockhart* en 4 tomes.

« Lyra et son daemon traversèrent le Réfectoire où grandissait l'obscurité, en prenant bien soin de rester hors de vue des Cuisines. Les trois longues tables qui occupaient toute la longueur du Réfectoire étaient déjà dressées, l'argenterie et les verres réfléchissaient la lumière déclinante, et les longs bancs étaient tirés, prêts à accueillir les convives. »

Éd. Gallimard Jeunesse, Folio junior, 500 pages

Lyra est orpheline et vit dans un collège d'Oxford plutôt sinistre. Heureusement, elle peut s'amuser avec Roger. Le jour où son meilleur ami disparaît, Lyra part à sa recherche. Sans se douter que sa quête va l'entraîner très loin : elle va découvrir ses origines, affronter la terrible Madame Coulter, s'allier avec un ours en armure… Dans le monde de Lyra, les humains sont reliés à un animal qui est la représentation de leur âme et les savants sont obsédés par la poussière. Cette trilogie est lisible par les jeunes et les moins jeunes. Riche, complexe, elle peut se lire à plusieurs niveaux : d'abord aventures extraordinaires dans des décors somptueux mais aussi réflexion philosophique sur la science et la religion. Un très grand roman !

La tarte aux escargots
1995
Brigitte Smadja
Niveau :

> Brigitte Smadja est née à Tunis en 1955. Elle enseigne le français et a écrit de nombreux livres, comme *Il faut sauver Saïd* ou *Ne touchez pas aux idoles*.

« Le premier jour de la sixième, ma mère, qu'on appelle Mina, n'a pas pu m'accompagner. J'ai pris le métro seule, quatre stations de Barbès à Place de Clichy. J'étais perdue dans la foule des élèves, des mères et des pères, effrayée à l'idée de franchir le seuil de ce lycée qui ressemblait à un château. »

Éd. de l'École des Loisirs, Neuf, 128 pages

Lili est tunisienne, elle vit en France avec ses deux frères et sa mère dans le quartier de la Goutte-d'Or. Elle aimerait bien être amie avec les filles des quartiers chics de son collège. Pour se rapprocher d'elles, Lili invente des histoires extraordinaires. Mais les Français sont vraiment étranges, ils mangent des grenouilles et des escargots, portent des chaussettes à pompons et écrivent beaucoup. À quoi peut bien servir un journal intime ? se demande Lili. Son quotidien à elle est rempli de questions et d'affection pour ses frères. Un joli roman sur l'exil et l'intégration, porté par une héroïne futée et attachante.

Junk

1996

Melvin Burgess

Titre original : *Junk*

Traduction : *Laetitia Devaux*

Niveau :

Melvin Burgess est né à Londres en 1954. Il a commencé à écrire vers 20 ans, mais a dû attendre une quinzaine d'années avant d'être publié. Il est l'auteur de nombreux livres comme *Billy Elliot* ou *Lady*. *Junk* a obtenu de nombreux prix prestigieux (Carnegie Medal, prix Guardian).

« Mes parents sont vraiment nuls. Ils ne comprennent rien. Ils croient qu'être père et mère, c'est comme être ingénieur, vous voyez le genre. Il suffit de faire ci et ça pour obtenir le bon résultat. On devrait donner des cours aux parents avant de les autoriser à se reproduire. »

Éd. Gallimard Jeunesse, Scripto, 346 pages

Gemma et Nico ont quatorze ans et ils s'enfuient de chez eux. Lui est battu par son père, elle s'entend mal avec ses parents. Comment vont-ils s'en sortir sans logement, sans argent ? Au début, ce sont les squats, la fumette. Puis les deux adolescents tombent dans l'engrenage de la drogue et leur descente aux enfers commence. Il leur faudra du temps et des épreuves avant de réaliser qu'ils sont toxicomanes et en danger. Ce récit à plusieurs voix est implacable : réaliste sans être sordide. Plus qu'un livre sur la drogue, c'est aussi un roman d'apprentissage. Même s'il a pu choquer par sa crudité, ce roman ne juge pas, il constate une réalité dérangeante. Il a marqué et marquera encore les lecteurs adolescents.

Verte
1996
Marie Desplechin
Niveau :

Marie Desplechin est née en 1959, elle a été journaliste puis écrivain. Elle écrit aussi bien pour les jeunes : *Le monde de Joseph, Le journal d'Aurore*... que pour les adultes : *Trop sensibles, Sans moi*...

« Sur terre, tout le monde a le droit de se plaindre. Les hommes, les femmes, les jeunes, les vieux, les animaux eux-mêmes se plaignent. De l'excès d'amour, de l'absence d'amour, de la famille, de la solitude, du travail, de l'ennui, du temps qui passe, du temps qu'il fait... Le monde râle, c'est ainsi. »

Éd. de l'École des Loisirs, Neuf, 180 pages

Elle s'appelle Verte. Un prénom pas commun, pour une jeune fille ordinaire en apparence. Mais sa famille, elle, est spéciale : Mamie et Maman sont sorcières. Ursule, sa mère, commence à s'inquiéter pour sa fille qui se préoccupe plus du beau Soufi que de verser dans la magie. Elle la confie alors à Anastabotte, la grand-mère. Verte, contre toute attente, semble avoir certaines prédispositions... Voici un roman vraiment drôle, qui alterne les points de vue et parle des relations entre générations de façon touchante. Douze ans après, Marie Desplechin a écrit la suite de *Verte*, qui s'intitule *Pome*. Les plus grandes lectrices peuvent se plonger dans *Séraphine* et *Satin grenadine*, qui explorent la condition féminine au XIXe siècle.

No pasarán, le jeu
1996
Christian Lehmann
Niveau : ✶✶

Christian Lehmann est né en 1958. Médecin généraliste, il est également journaliste et écrivain. *No pasarán, le jeu* a reçu de nombreux prix.

« Ils n'auraient jamais dû trouver la boutique. Thierry avait mal recopié l'adresse, griffonnant quelques lignes presque illisibles sur le dos d'un ticket de métro londonien, sans savoir qu'arrivés à destination, le préposé au guichet le leur confisquerait. »

Éd. de l'École des Loisirs, Médium, 238 pages

Thierry et Éric, en voyage scolaire à Londres, découvrent le magasin de leurs rêves : des jeux vidéo comme s'il en pleuvait. Mais le vendeur, un vieil homme, remarque sur la veste de leur ami Andreas un insigne et se met en colère. Il donne un jeu aux adolescents. Intrigués, les jeunes s'y mettent mais découvrent bien plus qu'un jeu… C'est en fait une expérience qui révèle les angoisses et les fantasmes de chacun. Un jeu dangereux qui propulse Thierry dans la Première Guerre mondiale et fait s'affronter Éric et Andreas dans la guerre d'Espagne. Ce trip qui fait froid dans le dos montre des ados piégés par le monde virtuel, mais c'est aussi un plaidoyer pour la tolérance. En effet, les phases du jeu ont pour toile de fond des événements historiques (guerre d'Espagne, Seconde Guerre mondiale…) et le personnage d'Andreas, adolescent endoctriné et mal dans sa peau, y trouve un moyen d'exprimer sa haine. Véritable descente aux enfers, ce roman parle de la fascination pour la violence et dénonce l'utilisation excessive des jeux vidéo, sans démagogie. L'écrivain a donné une suite à son roman, *Andreas le retour*.

La grande encyclopédie de ma vie Vol. 1997, Manolito

1996

Elvira Lindo

Titre original : *Manolito gafotas*

Traduction : *Virginia Lopez Ballesteros et Olivier Malthet*

Illustrations : *Emilio Urberuaga*

Niveau :

Elvira Lindo est née en 1962 en Espagne. Elle est journaliste et écrivain. *Manolito* est d'abord né en 1987 à la radio. Depuis, la série est un classique de la littérature espagnole pour la jeunesse.

« Moi, j'aime bien qu'on m'appelle le binoclard. Dans mon école, qui s'appelle "Diego Velazquez", tous ceux qui sont un peu importants ont un surnom. Avant d'en avoir un, j'étais plutôt pleurnichard. Lorsqu'un petit frimeur s'en prenait à moi, il finissait toujours par m'insulter et m'appeler "quatre yeux" ou "binoclard". Maintenant que je suis devenu Manolito le Binoclard, vouloir m'insulter est une perte de temps. »

Éd. Gallimard Jeunesse, Folio junior, 168 pages

Manolito vit dans une banlieue de Madrid avec son père camionneur, son grand-père, son frère qu'il surnomme le Bêta, et son copain, Grandes Oreilles. Ce qu'il aime avant tout, c'est parler, à tel point que sa mère l'envoie chez la psychologue. Verdict : c'est seulement un petit garçon qui a beaucoup de choses à dire. Avec lui, le quotidien devient une grande aventure ; une simple course en ville avec son grand-père et voilà qu'il rencontre une présentatrice météo et découvre qu'elle a de vraies jambes. Il ne peut pas partir en vacances, qu'importe, son père l'emmène faire une virée en camion à la mer. Manolito, c'est le petit Nicolas espagnol qui voit le monde avec son regard candide et dont l'univers dépasse la cour de récréation. Un héros philosophe, impertinent, qui fera sourire les jeunes lecteurs.

Lettres d'amour de 0 à 10

1996

Susie Morgenstern

Niveau :

> Susie Morgenstern est née en 1945 aux États-Unis. Elle a écrit une soixantaine de livres pour les jeunes et reçu de nombreux prix : une vingtaine pour *Lettres d'amour* ! Elle vit à Nice. Parmi ses nombreux autres romans citons *La sixième*, *La première fois que j'ai eu 16 ans*.

« Ernest ne sourit pas. À l'école, il participe aux discussions seulement quand le maître le désigne par son nom. Ses réponses sont justes, réfléchies et efficaces, ses observations astucieuses et sensées. Ernest aime l'école car la musique des paroles berce sa solitude et l'école nourrit son espoir d'être un jour capable de lire dans l'encre étalée sur la feuille usée de la lettre. »

Éd. de l'École des Loisirs, Neuf, 210 pages

Ernest a dix ans, il vit seul avec sa grand-mère. Son existence est grise, sa mère est morte à sa naissance, son père a disparu. Il ne parle à personne, n'a ni le téléphone ni la télévision et ne sort jamais de la maison sauf pour aller à l'école. Bref, il est très seul et malheureux. Elle a douze frères, et respire la joie de vivre : Victoire, la nouvelle de sa classe, s'invite dans la vie d'Ernest, quitte à bouleverser les habitudes. Elle a bien l'intention de l'épouser… plus tard. Aidé par le hasard et la nombreuse famille de Victoire, Ernest va retrouver la trace de son père. Les livres de Susie Morgenstern sont comme le fou rire : communicatifs. On les ferme et on est un peu plus heureux. Les lecteurs l'ont d'ailleurs plébiscitée pour son humour, sa simplicité et peut-être aussi parce qu'elle donne confiance en la vie.

Une île trop loin

1996

Annika Thor

Titre original : *En ö i havet*

Traduction : *Agneta Ségol*

Niveau : 📚📚

Annika Thor est née en Suède en 1950. Bibliothécaire, scénariste pour le cinéma et le théâtre, elle écrit pour les adolescents. Elle a reçu en 2000 le prix Astrid Lindgren pour l'ensemble de son œuvre. En France, *Une île trop loin* a obtenu le prix Tam-Tam-Je bouquine en 2003.

« L'orage gronde sourdement. Un éclair aveuglant déchire le ciel. Tante Marta montre la maison en expliquant quelque chose en suédois. Steffi n'a pas besoin de comprendre les mots pour savoir que c'est ici qu'elle va vivre. Ici, au bout du monde. »

Éd. Thierry Magnier, 269 pages

En 1939, deux sœurs juives sont obligées de quitter Vienne pour se réfugier en Suède. Steffi et Nelli y attendront leurs parents pour aller ensuite aux États-Unis. Passer de l'agitation viennoise à la vie austère sur une île n'est pas facile. Les deux sœurs réagissent différemment : l'aînée a du mal à s'adapter dans sa famille d'accueil, tandis que la petite en oublierait presque sa langue maternelle. En Europe, c'est la guerre, et Steffi attend des nouvelles de ses parents avec inquiétude. Rares sont les romans pour la jeunesse qui parlent de l'exil des juifs pendant la Seconde Guerre mondiale. Ici l'exil se double de l'expérience de l'adolescence, c'est ce qui fait toute la richesse de cette tétralogie. Comment recréer ses attaches sans trahir ses racines ? Comment survivre alors que les siens sont promis à un avenir funeste ? Ce sont toutes les questions qu'affronte l'héroïne avec courage et optimisme. Avec une écriture épurée, simple et émouvante, l'auteur raconte le quotidien d'une jeune fille ordinaire au destin bousculé par la guerre.

L'ordinatueur

1997

Christian Grenier

Niveau : ⁂ ⁂

> Christian Grenier est né en 1945. À partir de 1990 et après avoir été enseignant, il se consacre à l'écriture à plein temps. Il est l'auteur de plus de quatre-vingts livres, notamment de science-fiction.

« Un ordinateur peut-il être un tueur ? Logicielle relut trois fois de suite, sur son écran, cette étrange question que Germain venait de lui poser. Elle frappa sur son clavier des mots qui s'affichèrent sous la phrase de son interlocuteur :
Logicielle : Que voulez-vous dire par là ?
Germain : La semaine dernière, je suis allé consulter mon médecin à Bergerac. Visite de routine. Les jours précédents, il avait constaté deux décès insolites : des personnes mortes d'un arrêt du cœur devant leur ordinateur. »

Éd. Rageot, Heure noire, 216 pages

L'omnia 3, un ordinateur programmé pour tuer ? Le commissaire Germain se pose de sérieuses questions lorsque six personnes décèdent face à leur écran. Il aura bien besoin des compétences de Logicielle, une jeune inspectrice plutôt douée en informatique. Incontournable des cours de récré, ce roman policier a fait un carton. Il a reçu de nombreux prix certainement grâce à son idée de départ (un ordinateur comme arme du crime) et l'efficacité de son scénario. Les lecteurs ont désormais le plaisir de retrouver le duo Germain-Logicielle dans plusieurs volumes.

L'oasis
1997
Xavier-Laurent Petit
Niveau :

Xavier-Laurent Petit est né en 1956. Il a été instituteur puis directeur d'école avant de franchir le pas de l'écriture en 1994. Depuis, il a écrit de nombreux livres pour la jeunesse, dont *Les yeux de Rose Andersen, L'homme du jardin*...

« D'abord on n'y a pas prêté attention, et puis, peu à peu, les cris se sont faits plus précis. Des slogans, toujours les mêmes, repris par des milliers de voix : "Étrangers de-hors ! Gou-ver-ne-ment dé-mis-sion !" scandés de plus en plus fort, comme s'ils se rapprochaient, ou comme s'il y avait de plus en plus de monde. Le prof a fait semblant de ne rien entendre. »

Éd. de l'École des Loisirs, Médium, 210 pages

Jusqu'ici, Elmir menait la vie normale d'un collégien. Il y a Ismène son meilleur ami, Naïa sa voisine et la vieille Nourrédia chez qui ils vont manger des beignets. Mais les attentats ont commencé et rien n'est plus pareil : couvre-feu, contrôles, interdiction de sortir seul. Un soir, Elmir se rend à la bibliothèque incendiée où travaillait sa mère. Mais il est témoin d'un assassinat, et là, c'est toute sa vie qui change, d'autant que son père, journaliste, est menacé de mort. Dès lors, c'est un quotidien de planques et de fuite jusqu'à l'oasis finale. Un très beau roman sur une guerre qui ne dit pas son nom. On reconnaît bien sûr l'Algérie et la montée de l'intégrisme à travers les yeux d'un enfant. Malgré la violence et l'injustice, le récit montre que les valeurs d'amitié et de solidarité peuvent aussi gagner. Poignant.

Harry Potter
T. 1, À l'école des sorciers

1997

J. K. Rowling

Titre original : *Harry Potter*
Traduction : *Jean-François Ménard*
Niveau :

Joanne Kathleen Rowling est britannique, elle est née en 1965. En 1990, elle commence à écrire les aventures en 7 tomes d'un petit sorcier qui deviendront un best-seller mondial. Aujourd'hui à la tête d'une des plus grosses fortunes d'Angleterre, l'écrivain limite ses apparitions.

« Mr et Mrs Dursley, qui habitaient au 4, Privet Drive, avaient toujours affirmé avec la plus grande fierté qu'ils étaient parfaitement normaux, merci pour eux. Jamais quiconque n'aurait imaginé qu'ils puissent se trouver impliqués dans quoi que ce soit d'étrange ou de mystérieux. Ils n'avaient pas de temps à perdre avec des sornettes. »

Éd. Gallimard Jeunesse, Folio junior, 311 pages

Pour ceux qui auraient vécu sur Mars ces dix dernières années, Harry Potter est un orphelin que l'on envoie dans une école peu ordinaire, Poudlard. Le jeune Harry va apprendre à voler sur un balai, jeter des sorts et combattre des créatures monstrueuses. Aidé par ses amis, Hermione et Ron, Harry tente de découvrir ses origines et s'intéresse de près à un sorcier dont-on-ne-doit-pas-prononcer-le-nom… Au long des sept tomes, Harry grandit, acquiert de l'expérience et doit surmonter des épreuves de plus en plus terribles. Tout a été dit sur le phénomène Harry Potter et beaucoup ont cherché une explication à ce succès sans égal. Rappelons, tout simplement, qu'Harry Potter est d'abord une bonne histoire, qui mêle vie quotidienne – des adolescents au collège – et fantastique, avec son cortège de sorts, potions et créatures. Inventif, parfois drôle et touchant, il s'agit d'un roman initiatique qui a marqué des générations de lecteurs. *Harry Potter* a démarré par le bouche-à-oreille dans les cours de récré pour atteindre des ventes spectaculaires, et il a également mis sous les projecteurs la littérature de jeunesse dans les médias.

Les secrets de Faith Green

1998

Jean-François Chabas

Niveau :

> Jean-François Chabas est né en 1967. Il a écrit de nombreux romans pour la jeunesse, dont *Les secrets de Faith Green* qui a été primé.

« Mon arrière-grand-mère se couchait à huit heures le soir pour se réveiller le matin à cinq heures, “au chant du coq” comme elle disait. Il faudrait être très fort pour trouver un coq à Brooklyn, mais la vieille toupie avait une horloge dans le crâne. Sans l'aide d'aucune sonnerie, elle s'asseyait toute raide dans son lit le matin et, comme à cette heure il faisait encore sombre, sa silhouette m'évoquait un vampire dressé dans son cercueil. »

Éd. Casterman Junior, 160 pages

C'est la tuile pour Mickey : son arrière-grand-mère, Faith Green, vient s'installer à Brooklyn, dans sa propre chambre ! Et l'aïeule n'est pas commode du tout. Par hasard, Mickey tombe sur ses cahiers intimes. Il y découvre une personne totalement différente, dont les parents ont été trafiquants d'alcool pendant la prohibition. Le garçon commence alors à éprouver une tendresse toute particulière pour Faith. Auteur prolifique, Chabas n'a pas son pareil pour installer des décors et des dialogues qui sonnent juste, c'est un grand raconteur d'histoires.

Le passage

1998

Louis Sachar

Titre original : *Holes*

Traduction : *Jean-François Ménard*

Niveau :

Américain, Louis Sachar est né en 1954. Il est devenu avocat et son premier livre a été publié en 1980. Pendant huit ans, il a plaidé le jour et écrit la nuit. Il a écrit de nombreux romans dont *Il y a un garçon dans les toilettes des filles*.

« Le lecteur se demande sans doute : qui donc aurait envie d'aller faire un séjour au Camp du Lac vert ? Mais la plupart de ses pensionnaires n'ont pas le choix. Le Camp du Lac vert est destiné aux mauvais garçons. Si on prend un mauvais garçon et qu'on l'oblige à creuser tous les jours un trou en plein soleil, il finira par devenir un gentil garçon. C'est ce que pensent certaines personnes. »

Éd. de l'École des Loisirs, Médium, 278 pages

Stanley a été accusé de vol à tort. Il est pourtant envoyé dans un camp de redressement, le Camp du Lac vert, le mal nommé : les jeunes sont chargés de creuser des trous toute la journée – d'où le titre anglais *Holes*. En fait, cet endroit est tout simplement un enfer en plein désert. Comment survivre aux travaux forcés, au sadisme de la directrice ? C'est ce que Stanley va tenter de faire. Une malédiction, des enfants exploités, des adultes dangereux, cette histoire qui raconte le passage vers l'âge adulte a tout pour séduire les lecteurs. D'ailleurs, *Le passage* est devenu un roman culte pour les jeunes Américains et a reçu de nombreux prix. Il a été adapté au cinéma sous le titre *La morsure du lézard*, avec Sigourney Weaver, excellente dans le rôle de la méchante !

Les désastreuses aventures des orphelins Baudelaire
T. 1, Tout commence mal...

1999

Lemony Snicket

Titre original : *A Series of Unfortunate Events*
Traduction : *Rose-Marie Vassalo*
Illustrations : *Brett Helquist*
Niveau :

De Lemony Snicket on sait peu de choses puisque c'est le pseudonyme de Daniel Handler, un Américain d'une trentaine d'années. Sa série a remporté un succès international.

« Si vous aimez les histoires qui finissent bien, vous feriez mieux de choisir un autre livre. Car non seulement celui-ci finit mal, mais encore il commence mal, et tout y va mal d'un bout à l'autre, ou peu s'en faut. C'est que, dans la vie des enfants Baudelaire, les choses avaient une nette tendance à aller toujours mal. »

Éd. Nathan Jeunesse, 190 pages

Un auteur qui joue à cache-cache avec son lecteur, de vraies-fausses informations... Ces ingrédients y sont pour beaucoup dans le succès des *Orphelins*. Ils sont trois et se nomment Violette, Klaus et Prunille. Mais qui sont-ils ? d'où viennent-ils et jusqu'où iront-ils ? On ne le saura jamais vraiment et c'est tant mieux. Ici, les gentils sont des naïfs, les méchants, très méchants, et le sort, impitoyable. L'intérêt de cette série, c'est le second degré : le thème de l'orphelin cher à Dickens est ici détourné. Une série de malheurs s'abat sur les héros dans une surenchère délirante. De très nombreux lecteurs ne s'y sont pas trompés en plébiscitant cette série en treize tomes (eh oui, le chiffre qui porte malheur !), attendant avec bonheur l'avalanche de catastrophes. Un grand succès littéraire qui a même été adapté au cinéma, et plutôt bien, avec Jim Carrey en méchant comte Olaf.

Matilda Bone

2000

Karen Cushman

Titre original : *Matilda Bone*
Traduction : *Hélène Misserly*
Niveau :

Karen Cushman est américaine. Elle a commencé à écrire à 53 ans. Elle se passionne pour la période médiévale. Ses romans, *Le livre de Catherine* et *L'apprentie sage-femme*, ont été largement primés.

« Et maintenant, il était parti, et elle se tenait là, répugnant à faire un pas de plus. Des choses allaient se passer contre son gré, des choses inconnues en ce lieu inconnu, et elle était totalement seule. Elle ne l'avait jamais été pendant ses quatorze ans de vie. Il y avait toujours eu le prêtre, les serviteurs du manoir, le va-et-vient permanent des cuisiniers, des clercs, et des servantes. »

Éd. de l'École des Loisirs, Médium, 237 pages

Matilda a toujours vécu entourée de livres, des saints avec qui elle dialoguait quotidiennement et du père Leufredus qui lui a appris à distinguer le Bien et le Mal. Mais voilà qu'on l'envoie rue du Sang et l'Os chez Peg la Rousse, une rebouteuse. À son grand désespoir, Matilda devient l'apprentie de Peg. Tout ce en quoi elle croyait va être remis en question au contact de Peg et du petit peuple qui vient se faire soigner. Cette plongée dans l'Angleterre médiévale est surprenante et ne manque pas d'humour. Les personnages sont riches et complexes, et l'on découvre la pratique médicale de l'époque. Déjà, la guérison ne dépendait pas que du savoir théorique, mais aussi de l'écoute, de la relation aux patients. Et c'est une savoureuse galerie de personnages qui défilent sous les yeux du lecteur. Un aspect peu connu et passionnant du Moyen Âge, c'est ce que propose l'auteur avec deux héroïnes de tempérament.

Le royaume de Kensuké

2000

Michael Morpurgo

Titre original : *Kensuke Kingdom*

Traduction : *Diane Ménard*

Niveau :

Michael Morpurgo, né en 1943, est une grande figure de la littérature de jeunesse anglaise. Ses romans – une quarantaine – ont été couronnés dans le monde entier. *Le royaume de Kensuké* a obtenu le prix Sorcières en 2001.

« J'ai disparu la veille de l'anniversaire de mes douze ans. Le 28 juillet 1988. Aujourd'hui seulement, je peux enfin raconter toute cette histoire extraordinaire, la véritable histoire de ma disparition. Kensuké m'avait fait promettre de ne rien dire, rien du tout, jusqu'à ce que dix ans au moins se soient écoulés. »

Éd. Gallimard Jeunesse, Folio junior, 155 pages

Michael embarque sur un voilier avec ses parents pour faire le tour du monde. Mais le bateau fait naufrage et le garçon se retrouve seul sur une île au milieu du Pacifique. Il a peu de chances de survivre, affamé et menacé par toutes sortes de dangers. Or, un matin, il trouve de la nourriture près de lui. Il y a un autre habitant sur l'île : Kensuké, un ermite japonais. L'enfant et le vieil homme vont devoir s'apprivoiser. Voici un récit d'aventures facile à lire et émouvant. Mystérieux aussi : que fait cet homme seul sur une île ? Jolie robinsonnade, cette histoire célèbre également l'amitié. On y retrouve l'élégance, la générosité et la belle plume de cet auteur incontournable dont tous, absolument tous les livres sont à lire et à offrir autour de soi !

La rivière à l'envers
T. 1, Tomek

2000

Jean-Claude Mourlevat

Niveau :

Jean-Claude Mourlevat est né en 1952. Il a été professeur d'allemand puis s'est tourné vers le théâtre. Il écrit des romans pour les jeunes depuis 1997, qui ont été largement primés. On peut lire également *L'enfant océan, Le combat d'hiver*.

« Cette rivière prend sa source dans l'océan, tu comprends ? Au lieu de s'y jeter, elle en sort. Un peu comme si elle aspirait l'eau de la mer. À son début, elle est large comme un fleuve. On dit qu'à cet endroit-là des arbres étranges poussent sur ses rives. Des arbres qui s'étirent le matin et poussent des soupirs le soir. Et il y aurait là des variétés d'animaux tout à fait inconnues ailleurs. »

Éd. Pocket Jeunesse, 192 pages

C'est l'histoire d'un garçon, Tomek, qui tient une petite épicerie et qui vend de tout. Tout ? Un jour, une jeune fille, Hannah, lui demande de l'eau de la rivière Qjar… Cette eau coulerait à l'envers et surtout elle apporterait la vie éternelle. Et ça, Tomek n'en vend pas. Qu'importe, pour les beaux yeux d'Hannah, il ira la chercher. Alors, trouvera, trouvera pas ? La rivière coulera-t-elle à l'endroit ? Tomek retrouvera-t-il la jolie Hannah dont il est tombé fou amoureux ? C'est ce que raconte ce parcours initiatique qui ne prend pas les enfants pour des bébés et fait appel à leur sens du merveilleux. Un joli conte, empreint de poésie et de féerie, à prolonger avec *Hannah*.

Oh, boy !
2000
Marie-Aude Murail
Niveau : ☙☙

Marie-Aude Murail est née au Havre en 1954. Après des études de lettres, elle se lance dans l'écriture. Aujourd'hui, c'est la superstar du livre jeunesse en France : elle a écrit soixante-dix livres.

« Les enfants éclatèrent de rire. Bart alla chercher l'orangeade en sifflotant. Pourquoi était-il soudain si content ? C'était arrivé d'un seul coup lorsqu'il avait vu les trois enfants campant dans son salon. Il était l'aîné des Morlevent et c'était épatant. »

Éd. de l'École des Loisirs, Médium, 208 pages

Il s'appelle Bart, il a vingt-six ans, il est complètement immature. Voilà qu'il se découvre trois frères et sœurs orphelins. Les enfants Morlevent sont inséparables. Siméon le surdoué, Morgane l'effacée et Venise la poupée sont bien décidés à se faire adopter. Barthélémy a de quoi s'exclamer « oh, boy ! » car ils vont lui donner du fil à retordre. D'abord complètement dépassé, surtout lorsque Siméon développe une leucémie, Bart va faire face d'une manière inattendue... C'est le genre de livre qui donne le sourire et qui réconcilie avec la vie. L'auteur réussit à passer du rire aux larmes avec naturel. Car on sourit beaucoup en lisant ce roman. Quoi ? On peut rire du deuil, de l'homosexualité, de la maladie ? Oui, c'est possible avec Marie-Aude Murail. À offrir aux autres et à soi-même. Plus qu'incontournable, indispensable !

Journal d'une sorcière

2000

Celia Rees

Titre original : *Witch Child*

Traduction : *Marc Albert*

Niveau : ✶ ✶ ✶

> Celia Rees est anglaise. Elle a enseigné l'anglais une dizaine d'années avant de se lancer dans l'écriture. Son premier livre a été publié en 1993. *Journal d'une sorcière* a reçu... le prix Sorcières – prix des libraires – en 2003.

« Je suis Mary. Je suis une sorcière. Ou du moins est-ce ainsi que certains m'appellent. “Progéniture du diable”, “Petite sorcière”, siffle-t-on dans la rue, alors que je ne me connais ni père ni mère. Je ne connais que ma grand-mère, Eliza Nuttall ; Mère Nuttall pour ses voisins. Elle m'a élevée depuis ma naissance. Même si elle a su qui étaient mes parents, elle ne me l'a jamais dit. »

Éd. du Seuil Jeunesse, 251 pages

Nous sommes en 1659 en Angleterre, et à l'époque on brûle les sorcières. Mary en sait quelque chose puisque sa grand-mère a été exécutée et qu'elle-même est condamnée pour sorcellerie. Il n'y a qu'une solution : fuir vers le Nouveau Monde – l'Amérique actuelle – sur un bateau. Mais avec elle embarquent les colons puritains, intolérants et méfiants. La jeune fille tient son journal de bord et lui confie ses peines et ses joies, car il y en a malgré tout... L'auteur dénonce l'extrémisme religieux et l'extermination des Indiens par des colons sans pitié. Mais son héroïne est un véritable plaidoyer pour la différence, la tolérance et l'on se plonge dans ses aventures avec délices. Une pointe de magie, de l'aventure, il n'y a plus qu'à embarquer !

Attention fragiles

2000

Marie-Sabine Roger

Niveau :

> Marie-Sabine Roger est née en 1957 à Bordeaux. Après avoir été enseignante en maternelle pendant dix ans, elle se consacre aujourd'hui à l'écriture.

« Ce matin je me suis levé avec un cafard noir. Je n'aime pas ces jours sans enthousiasme où bouger, seulement, c'est un effort. Boussole est là, fidèle à mon réveil. Elle a posé sa tête lourde sur le drap. Elle scande son bonheur de me voir éveillé à grands fouettements de sa queue contre le bois du lit. Je la gratouille, je la flatte. Mes mots d'amour glissent doux, dans le sens du poil. »

Éd. du Seuil Jeunesse, Karactère(s), 141 pages

Ce sont deux histoires de vie parallèles : celle de Nel, un jeune homme aveugle, et celle de Laurence, à la rue avec son petit garçon. Deux destins fragilisés par la vie qui vont se croiser fugitivement. Nel est aveugle et souffre de sa différence, et pourtant, le jour où il rencontre Cécile, c'est l'évidence, il tombe amoureux. Laurence galère et fait la manche tout en essayant de garder sa dignité et faire rêver son petit garçon. Malgré le regard des gens, chacun rencontre quelqu'un qui lui tend la main. Raconter le quotidien de personnes en marge de la société sans pathos relève de la gageure. Et pourtant, ce récit plein d'émotion y parvient. Il raconte la difficulté d'aimer, de grandir et de s'ouvrir à l'autre avec subtilité. Un très beau roman pour tous.

Mon amie pour la vie

2000

Jacqueline Wilson

Titre original : *Vicky Angel*
Traduction : *Olivier de Broca*
Illustrations : *Nick Sharratt*
Niveau :

> Jacqueline Wilson est née en Angleterre en 1945. À 24 ans, elle écrit une série de romans policiers pour adultes et se lance dans l'écriture de livres pour enfants. Elle a remporté de très nombreux prix.

« Vicky est ma meilleure amie. Nous sommes comme deux sœurs. Au collège, on nous appelle même les jumelles, parce que l'une ne va jamais sans l'autre. Notre amitié remonte à la crèche, le jour où je me suis approchée de Vicky, à quatre pattes dans le petit bassin, et qu'elle m'a versé sur la tête le contenu de sa théière en plastique rouge. Elle s'est fait gronder pour ce mauvais geste, mais je ne lui en ai jamais voulu. »

Éd. Gallimard Jeunesse, Folio junior, 190 pages

Jade a perdu son amie Vicky, qui est passée sous les roues d'une voiture. Mais son amie, espiègle, revient sous la forme d'un fantôme et l'accompagne tous les jours. Au début, Jade est plutôt contente, mais bientôt la présence de Vicky lui pèse et l'empêche de se tourner vers les autres. Une histoire triste ? Non, car même si elle parle du travail de deuil, Jacqueline Wilson garde son optimisme et même son humour. Superstar en Angleterre, elle est appréciée des jeunes lecteurs pour ses histoires simples sans être niaises et jamais désespérantes.

Quatre filles et un jean

2001

Ann Brashares

Titre original : *Sisterhood of the Traveling Pants*

Traduction : *Vanessa Rubio*

Niveau :

Ann Brashares est américaine. Elle a été éditrice jusqu'en 2001, date à laquelle elle écrit *Quatre filles et un jean* qui connaît un succès fulgurant.

« Il était une fois un pantalon. Un pantalon tout simple – un jean, bien sûr, bleu mais pas trop foncé ni trop raide comme ceux qu'on sort juste du placard le jour de la rentrée. Il était d'un bleu délavé, irrégulier, un peu plus clair aux genoux et derrière, avec des petits traits blancs dans le bas. Il avait déjà bien vécu, ça se voyait. »

Éd. Gallimard Jeunesse, 312 pages

Quatre filles, quatre amies, unies par... un jean ! Carmen, Tibby, Bridget et Lena ont des caractères bien différents et pourtant elles sont liées par une indéfectible amitié. L'été arrive et elles vont être séparées. Quoi de mieux pour sceller ce lien qu'un vêtement, que chacune pourra porter tour à tour ? Ce simple pantalon va être le témoin de leurs aventures, de leurs joies, de leurs peines que seules des amies peuvent partager. Avec ses airs de livre « pour filles », cette tétralogie a quelque chose en plus : plus de profondeur psychologique et un vrai rythme avec l'alternance des points de vue des héroïnes. Loin d'être un banal conte de fées, cette série a bien mérité son succès !

Rêves amers

2001

Maryse Condé

Niveau : ꕥꕥ

Maryse Condé est née en 1934 en Guadeloupe. Elle a été enseignante et journaliste, puis romancière (*Segou*, *Les belles ténébreuses*). Elle est présidente du Comité pour la mémoire de l'esclavage.

« Rose-Aimée prit la direction du chemin du Morne Vert qui menait chez son amie Florette. De loin, elle l'entendit chanter un vieil air familier pour endormir son petit frère. Cela lui mit les larmes aux yeux. Ainsi, elle allait quitter ce petit coin de terre auquel elle était si attachée ! »

Éd. Bayard Jeunesse, 79 pages

À treize ans, Rose-Aimée vit heureuse dans son île d'Haïti. Mais la famille est pauvre, et voilà qu'elle est obligée de partir à la ville, Port-au-Prince, pour ramener de l'argent à la maison. Elle va devenir domestique chez Madame Zéphyr, une cruelle patronne. Que faire ? Rester et subir les brimades ou prendre le chemin de la liberté avec tous les risques que cela comporte ? Inspiré d'une histoire vraie, ce roman, qui raconte la misère dans l'Haïti de Papa Doc, est bouleversant. Simplement, mais implacablement, Maryse Condé dresse le portrait d'une héroïne malmenée par la vie qui décide de briser ses chaînes. Émouvant et fort.

Le petit cœur brisé

2001

Moka

Niveau : ⁂ ⁂

Elvire Murail est née en 1958. À 25 ans elle signe son premier roman, *Escalier C*, qui a remporté de nombreux prix et a été adapté au cinéma. En 1989, elle se lance en littérature jeunesse et prend Moka comme nom de plume. Depuis, elle a écrit une soixantaine de romans.

« La maison était vide. On n'avait pas débarrassé le salon, si bien que Mélaine avait de la nourriture en abondance. Elle grignota un peu, par habitude. Puis elle monta se coucher. Quelqu'un allait-il s'occuper d'elle ? Ou allait-on la laisser là, toute seule ? Elle n'était même pas sûre que la bonne revienne. »

Éd. de l'École des Loisirs, Médium, 168 pages

Mélaine est orpheline, Mélaine est seule, sa grand-mère vient de mourir. Quoi de pire ? Pourtant, elle hérite de la fortune de son aïeule et est recueillie par deux vieilles cousines excentriques. Voici Mélaine locataire d'un vieux manoir inhabité. Et le mystère s'épaissit car son médaillon en forme de petit cœur brisé pourrait bien l'amener à en savoir plus sur ses origines… Un décor glaçant à souhait, un secret de famille : ce roman noir est un petit bijou de suspense bien orchestré !

La vie, en gros

2001

Mikaël Ollivier

Niveau :

Mikaël Ollivier est né en 1968. Il fait une école de cinéma, puis, à 25 ans, il décide de se consacrer à l'écriture. Il travaille comme scénariste pour la télévision et le cinéma et écrit également des romans policiers comme *Trois souris aveugles* et de nombreux romans pour la jeunesse.

« Alors je l'ai fait, aussi à l'aise qu'une huître sur l'étal d'un poissonnier à la veille de Noël. Je comptais dans ma tête et à dix j'étais déjà à bout de souffle. À chaque génuflexion, comme elle avait dit, je voyais mon ventre faire un pli épais sur mes grosses cuisses. J'avais la honte, en slip et la sueur qui commençait à perler sur mon front, devant cette infirmière de malheur qui ne me quittait pas des yeux. »

Éd. Thierry Magnier, 159 pages

Ben a quinze ans, il adore manger et rêve d'ouvrir un jour un restaurant. Mais le jour de la visite médicale, l'infirmière emploie le mot tant redouté : obésité. Bien décidé à agir, Ben se lance dans un régime très strict. Mais difficile de s'y tenir, même pour les beaux yeux de Claire. Cette chronique de la vie d'un ado qui a du mal à s'accepter est simple et touchante. Le héros, qui mange par gourmandise mais aussi pour calmer ses angoisses, va découvrir le meilleur des régimes : l'amour ! Un roman pas prise de tête qui donne un message de tolérance bienvenu.

La quête d'Ewilan
T. 1, D'un monde à l'autre
2002
Pierre Bottero
Niveau : ⁂ ⁂

Pierre Bottero est né en 1964. Il a d'abord été instituteur avant de se consacrer à l'écriture en 2001. *La quête d'Ewilan* et *Les mondes d'Ewilan*, ses deux trilogies phares, ont remporté un vif succès.

« Quand Camille vit le poids lourd qui fonçait droit sur elle, elle se figea au milieu de la chaussée. Son irrépressible curiosité l'empêcha de fermer les yeux et elle n'eut pas le temps de crier... Non, elle se retrouva couchée à plat ventre dans une forêt inconnue plantée d'arbres immenses.
— Te voici donc Ewilan. Nous t'avons longtemps cherchée, mes frères et moi, afin d'achever ce qui avait été commencé, mais tu étais introuvable... »

Éd. Rageot, 281 pages

Avec son ami Salim, Camille pénètre par accident dans le monde de Gwendalavir. Dans ce monde-là, on l'appelle Ewilan et elle est l'élue de tout un peuple. Elle apprend à maîtriser son pouvoir, le Don du dessin, une arme prodigieuse contre ceux qui menacent son peuple. Une série d'aventures l'attend pour découvrir ses origines et son destin. La fantasy n'est pas une spécificité française, et pourtant, cette série a recueilli tous les suffrages des jeunes lecteurs. Probablement parce que, c'est assez rare, l'héroïne est une fille, et que Bottero a su créer un véritable univers qui ne cède à aucune mode. Le phénomène Ewilan se poursuit avec *Les mondes d'Ewilan,* en trois tomes également.

Artemis Fowl (T. 1)

2002

Eoin Colfer

Titre original : *Artemis Fowl*

Traduction : *Jean-François Ménard*

Niveau : ✥ ✥

Eoin Colfer est né en 1965 en Irlande. Il a été enseignant avant de se consacrer à l'écriture. C'est sa série *Artemis Fowl* qui lui a apporté une reconnaissance internationale. Cet auteur vedette est également un show man hors pair.

« Comment pourrait-on décrire Artemis Fowl ? Les nombreux psychiatres qui s'y sont essayés ont dû confesser leur échec. La principale difficulté dans l'entreprise réside dans l'intelligence d'Artemis. Celui-ci parvient en effet à déjouer tous les tests auxquels on le soumet. Face à lui, les plus grands esprits du monde médical se sont trouvés plongés dans une infinie perplexité et nombre d'entre eux, balbutiants et hagards, sont retournés dans leurs propres hôpitaux, à titre de patients cette fois. »

Éd. Gallimard Jeunesse, Folio junior, 355 pages

Artemis est un adolescent peu ordinaire : il est très riche et c'est un petit génie du crime. Son premier forfait a été tout bonnement de voler l'or des fées. Comment ? En déchiffrant le Livre du Peuple et en prenant en otage l'elfe Holly Short. Dès lors, entre Artemis et le peuple souterrain se nouent des relations ambivalentes. Au fil de ses aventures, notre héros prendra de plus en plus de risques, grâce à son intelligence mais aussi aidé par son garde du corps et Holly Short. La grande réussite de cette série est de prendre à contre-pied le stéréotype du héros de livre de jeunesse : c'est un enfant qui met son intelligence au service du crime ! Malgré tout, il est attachant et ne reste pas figé puisqu'il gagne en maturité à chaque épisode. Et puis, Colfer a créé un univers où le merveilleux est confronté à la technologie moderne : ici les elfes ont des armes de pointe et les méchants sont très inventifs. Un mélange de folklore irlandais et de James Bond, ce n'est pas commun. Enfin, il faut souligner l'humour, pas si courant dans ce genre de littérature, qui fait tout le sel de cette série.

Projet oXATAN
2002
Fabrice Colin
Niveau :

Fabrice Colin est né en 1972. Auteur de romans et de nouvelles et scénariste de bandes dessinées, il écrit aussi bien pour les adultes que pour les jeunes. Il a obtenu de nombreux prix pour ses romans.

« Je suis né sur Terre, mais mes parents sont morts en 2530 dans un accident d'aéronef. J'avais deux ans. Presque tout de suite, j'ai été adopté par un type très riche du nom d'Erwin G. Armistad et je suis arrivé ici, sur Mars. Armistad lui-même est mort peu de temps après mon arrivée. J'ai vraiment pas de chance avec les parents. Ce qui me console, c'est que je ne suis pas le seul. »

Éd. Mango Jeunesse, Autres mondes, 178 pages

Ils sont quatre adolescents, Arthur, Jester, Phyllis et Diana. Ils vivent sur Mars, dans l'Éden, un paradis étouffant, avec Mlle Grâce, qui les a recueillis. L'envie d'aller voir le monde les tenaille et ils s'aventurent hors de leur cocon. Mais cette exploration, à la recherche de leurs origines, n'est pas sans danger… Construit sous la forme du journal de bord d'un adolescent, ce roman de science-fiction fait également la part belle au merveilleux, avec l'évocation d'une légende maya, clef du mystère. Des héros en quête de liberté et d'identité, des ogres qui rôdent, une pyramide maya : il n'en faut pas plus pour susciter la curiosité du lecteur. Lequel pourra ensuite se plonger dans les nombreux autres livres de cet auteur, chef de file d'une nouvelle génération d'auteurs français, qui mêlent habilement fantastique, science-fiction et fantasy.

Coraline

2002

Neil Gaiman

Titre original : *Coraline*
Traduction : *Hélène Collon*
Niveau :

Neil Gaiman, né en 1960, est britannique mais vit aux États-Unis. Il est auteur de comics et de romans fantastiques dont *Neverwhere*, *Stardust* et *American Gods*.

« Voyons, Coraline – que veux-tu que je fasse de tes anciens parents ? S'ils t'ont abandonnée, c'est qu'ils en avaient assez de toi, que tu les fatiguais. Tandis que moi, je n'en aurai jamais assez de toi, je ne t'abandonnerai jamais. Tu seras toujours en sécurité ici avec moi. »

Éd. Albin Michel Jeunesse, Wiz, 152 pages

Coraline est une petite fille ordinaire qui s'ennuie à la maison. Elle découvre une porte murée dans l'appartement. Un jour, elle pousse la porte et se retrouve dans un endroit semblable au sien, avec des parents en tout point les mêmes. Sauf qu'eux lui promettent qu'elle ne s'ennuiera plus jamais et la couvrent d'attention. Des parents en mieux ? À un détail près... Ils ont des yeux en forme de boutons et Coraline se retrouve prisonnière... Comme dans *Alice au pays des merveilles,* Coraline est passée de l'autre côté du miroir, un monde angoissant où on lui promet d'avoir tout ce qu'elle veut, mais, comme le fait remarquer la petite futée, si on obtient tout, où est l'intérêt ? L'incursion en littérature jeunesse de Neil Gaiman est très réussie et il retranscrit à merveille la part obscure de l'enfance, donne chair à des angoisses, heureusement vaincues par l'enfant qui grandit. Un roman fantastique, pour les plus grands !

35 kilos d'espoir

2002

Anna Gavalda

Niveau :

Anna Gavalda est née en 1970. *Je voudrais que quelqu'un m'attende quelque part* est son premier best-seller. Suivront *Je l'aimais*, *Ensemble, c'est tout* (adapté au cinéma par Claude Berri) et *La consolante*.

« Sur mon bulletin de fin de maternelle, Marie avait écrit : "ce garçon a une tête en forme de passoire, des doigts de fée et un cœur gros comme ça. On devrait réussir à en faire quelque chose." C'était la première et dernière fois de ma vie qu'un membre de l'éducation nationale ne me saquait pas. »

Éd. Bayard Jeunesse, Estampille, 110 pages

Pour Grégoire, l'école est un véritable cauchemar, il a déjà redoublé deux fois ! C'est bien simple, l'idée d'y retourner le rend malade et l'ambiance chez lui est plutôt tendue. Heureusement qu'il y a Grand Léon, son grand-père, avec qui il peut bricoler. Celui-ci l'encourage à trouver sa voie et à entrer dans une filière professionnelle. Pas si facile quand on se sent nul... On retrouve dans cette histoire ce qui a fait le succès d'Anna Gavalda : son optimisme. Cette histoire d'un enfant en échec scolaire qui finit par réaliser son rêve touchera les jeunes lecteurs.

Le clan des Otori
T. 1, Le silence du rossignol

2002

Lian Hearn

Titre original : *Tales of the Otori*

Traduction : *Philippe Giraudon*

Niveau : ❧❧❧

> Lian Hearn est le pseudonyme de Gillian Rubinstein, un auteur de livres pour la jeunesse célèbre qui vit en Australie. Auteur d'une trentaine de romans, elle a choisi l'anonymat pour la publication des *Otori* et écrit dans un style radicalement différent. Ce qui devait être une trilogie est devenue une saga en 5 tomes.

« Ma mère menaçait souvent de me découper en huit morceaux si jamais je renversais le seau d'eau ou faisais semblant de ne pas l'entendre me crier de rentrer à la maison, quand le crépuscule s'assombrissait et que le chant des cigales devenait assourdissant. J'entendais sa voix enrouée de colère résonner à travers la vallée solitaire : — Où est passé ce maudit gamin ? Je le mettrai en pièces quand il reviendra. »

Éd. Gallimard Jeunesse, 331 pages

Au XIVe siècle, dans un Japon médiéval mythique, le jeune Takéo grandit dans une communauté non violente. Mais la communauté est massacrée et Takéo est sauvé par le seigneur du clan des Otori, Shigeru. Dès lors, le jeune homme, à la recherche de ses origines, entre dans les luttes sanglantes entre clans. Il se découvre des dons et connaît l'amour fou dans les bras de la sublime Kaede. Son destin ne fait que commencer. Il suffit d'être un peu curieux, persévérant – pas toujours facile de se repérer dans la foule de personnages et les noms japonais – pour entrer dans cette saga originale qu'on ne peut plus lâcher. Cette histoire épique mêle aventure, combats violents, trahisons en tout genre mais aussi suspense, amour, amitié. Elle contient tout ! Une belle écriture poétique qui nous entraîne avec passion dans un Japon extraordinaire et complexe, loin des clichés habituels. Adolescents et adultes feront là une superbe découverte !

Quand j'étais soldate

2002

Valérie Zenatti

Niveau :

Valérie Zenatti est née en 1970. Elle est traductrice (notamment d'Aaron Appelfeld), auteur de romans jeunesse, dont le très remarqué *Une bouteille dans la mer de Gaza,* et de romans pour adultes, comme *En retard pour la guerre.*

« J'aurai mon bac, pourtant, c'est presque une certitude. Mais ça ne me fait ni chaud ni froid, pour l'heure, je suis une blessure ambulante. Lorsque les résultats arriveront, au mois d'octobre, je serai soldate, je vivrai dans ce monde étrange où l'on entre adolescent et duquel, paraît-il, on ressort adulte. »

Éd. de l'École des Loisirs, Médium, 258 pages

Valérie a dix-huit ans, elle vit en Israël où le service militaire est obligatoire pour tous. Pendant deux ans, elle va porter l'uniforme, se conformer aux ordres et risquer sa vie. À mille lieues des clichés sur le conflit israélo-palestinien, cette histoire est d'abord celle du passage à l'âge adulte. Le lecteur s'identifie à l'héroïne d'autant plus que c'est une histoire autobiographique. Une écriture exigeante, un témoignage qui évite tout pathos : ce roman est profondément marquant et émouvant. Un coup de cœur !

Les larmes de l'assassin

2003

Anne-Laure Bondoux

Niveau :

> Anne-Laure Bondoux est née en 1971. Elle a d'abord été journaliste avant d'écrire pour la jeunesse. Depuis 2000, elle est l'auteur de plusieurs romans dont *Le destin de Linus Hoppe* et *Pépites*.

« Ici, personne n'arrivait jamais par hasard. Car ici, c'était le bout du monde, ce sud extrême du Chili, qui fait de la dentelle dans les eaux froides du Pacifique. Sur cette terre, tout était si dur, si désolé, si malmené par le vent que même les pierres semblaient souffrir. »

Éd. Bayard Jeunesse, Millézime, 226 pages

Angel. Drôle de nom pour un assassin ! Son destin bascule lorsqu'il rencontre le jeune Paolo. Leur premier contact est plutôt rude puisque Angel a tué les parents du garçon. Comment ces deux-là vont-ils bien pouvoir s'entendre ? C'est ce que raconte ce road-movie atypique. Les voici partis ensemble pour un bout de chemin dans les paysages arides du Chili. En compagnie de l'enfant, l'assassin va retrouver son humanité. La relation qui se noue entre eux est racontée tout en finesse. Avec sa langue, coupante comme les cailloux du désert, ce beau roman dégage une émotion rare. Vivement conseillé aux ados et aux adultes ! Les plus jeunes aimeront *Le destin de Linus Hoppe*.

Quatre sœurs
T. 1, Enid
2003
Malika Ferdjoukh
Niveau :

Malika Ferdjoukh est née en 1957 en Algérie. Elle a écrit de nombreux romans jeunesse et écrit également des scénarios pour la télévision.

« Charlie se couchait en principe la dernière. Auparavant elle faisait la tournée des bisous. Elle montait embrasser toutes ses sœurs, même Bettina qui avait treize ans et demi, même Geneviève qui avait quinze passés. Leur mère avait fait cela chaque soir et l'aînée avait pris la relève. »

Éd. de l'École des Loisirs, Médium, 138 pages

Les sœurs Verdelaine sont, contrairement à ce qu'on pourrait penser, cinq : Enid, Bettina, Hortense, Geneviève et Charlie, l'aînée. Elles vivent ensemble et sont orphelines. Chacune a un secret, des joies et des peines. Tout ce petit monde est sous la protection des parents, sympathiques fantômes qui apparaissent quand ça leur chante. Il faut entrer dans l'univers des Verdelaine, tendre, poétique et drôle. Chacun des quatre tomes fait la part belle à l'une des sœurs et leurs relations sont rythmées par des dialogues savoureux. À tel point que l'on n'a pas envie de quitter ces attachantes jeunes filles !

Cœur d'encre

2003

Cornelia Funke

Titre original : *Tintenherz*
Traduction : *Marie-Claude Auger*
Illustrations : *Cornelia Funke*
Niveau :

> Cornelia Funke est née en 1958 en Allemagne. Elle a fait des études de pédagogie et de graphisme. Elle a été illustratrice avant de se lancer elle-même dans l'écriture. Elle est l'auteur du *Prince des voleurs*, et son livre *Cœur d'encre* a été adapté au cinéma.

« Il pleuvait cette nuit-là une petite pluie fine, tout en murmures. Des années plus tard, il suffisait que Meggie ferme les yeux pour l'entendre, comme des doigts minuscules qui cognaient contre la vitre. Quelque part dans la nuit, un chien aboyait et Meggie avait beau se retourner dans son lit elle n'arrivait pas à dormir. Le livre qu'elle avait glissé sous son oreiller avant d'éteindre se pressait contre son oreille comme s'il voulait l'attirer de nouveau entre ses pages imprimées. »

Éd. Gallimard Jeunesse, 700 pages

Lorsque les personnages d'un livre prennent vie, ça peut faire des dégâts. Un homme mystérieux, Doigts de poussière, vient rendre visite à Mo, spécialiste de livres anciens. Peu de temps après, Mo, le père de Meggie, est enlevé. Cela la mène en Italie, sur les traces de Capricorne, le personnage échappé de *Cœur d'encre*, un livre mystérieux. Du livre où il n'était qu'un pleutre, Capricorne est devenu dans la réalité un véritable tyran. Ce roman fantastique est un hommage sincère aux livres et à la lecture, sans tomber dans la démagogie. C'est une véritable aventure rythmée et originale qui séduira les jeunes lecteurs. Peu représentés en littérature jeunesse, les auteurs allemands ont trouvé avec Cornelia Funke leur chef de file. Sa série en trois tomes *Cœur d'encre* – les deux autres ne sont pas encore parus – la fait émerger au niveau international.

L'héritage
T. 1, Eragon

2003

Christopher Paolini

Titre original : *Eragon*
Traduction : *Bertrand Ferrier*
Niveau :

Christopher Paolini est né en 1983 aux États-Unis. Il a seulement 19 ans lorsque le premier tome de sa trilogie est publié. Depuis, ses romans sont devenus des best-sellers et *Eragon* a été adapté au cinéma.

« La traque avait entraîné Eragon sur la Crête, une chaîne de montagnes sauvages qui bordait l'Alagaësia à l'ouest. On colportait d'étranges légendes sur ces contrées, d'où descendaient parfois des hommes bizarres, d'allure peu engageante. Pourtant, Eragon n'avait pas peur de s'aventurer sur la Crête. Il était le seul chasseur de la région de Carvahall à oser poursuivre le gibier dans les recoins escarpés de ces montagnes. »

Éd. Bayard Jeunesse, 693 pages

Alors qu'il est dans la forêt, Eragon, un jeune chasseur, trouve une magnifique pierre bleue. Il s'agit en fait d'un œuf de dragon. Le garçon décide d'élever le dragon en secret ; le voici devenu un des derniers dragonniers. Mais ceux-ci sont pourchassés par l'empereur Galbatorix car ils sont les seuls à pouvoir sauver le Royaume. Une pierre mystérieuse, un jeune homme ordinaire, un dragon, des méchants très méchants et de la magie noire : ce sont les ingrédients de tout bon roman de fantasy. Très inspiré de Tolkien, *L'héritage* est une série efficace en trois tomes (T. 2, *L'aîné,* et T. 3, *Brisingr*) qui a de nombreux fans.

La trilogie de Bartimeus
T. 1, L'amulette de Samarcande

2003

Jonathan Stroud

Titre original : *Bartimaeus Trilogy* (*The Amulet of Samarkand*)
Traduction : *Hélène Collon*
Niveau :

Jonathan Stroud est né en 1970 en Angleterre. Il a été éditeur puis a commencé en 2003 la trilogie qui a lancé sa carrière, traduite aujourd'hui en trente-huit langues.

« Alors je reste là, suspendu dans les airs, en espérant qu'il ne mettra pas trop longtemps à prononcer la formule de révocation. Histoire de m'occuper un peu, j'envoie des flammèches bleues lécher la bordure intérieure du pentacle, en faisant comme si elles cherchaient à en sortir pour attraper le môme. Naturellement, c'est bidon sur toute la ligne. J'ai vérifié : le sceau est très bien dessiné. Pas le moindre vice de formule... »

Éd. Albin Michel Jeunesse, Wiz, 556 pages

Le jeune héros, Nathaniel, est un apprenti magicien qui enfreint toutes les règles. En invoquant un démon, il tombe sur un sacré numéro : Bartimeus, cinq mille ans de service. Sale caractère, insoumis, facétieux, le démon lui en fait voir de toutes les couleurs. À tel point que le véritable héros, c'est lui ! Et Nathaniel ordonne à Bartimeus de voler l'amulette de Samarcande au terrible sorcier Lovelace. C'est le début d'une aventure mouvementée et dangereuse. Voilà une série qui elle aussi détourne les codes habituels du genre : les humains sont gouvernés par des sorciers corrompus et les démons sont forcés d'accepter les missions confiées par les magiciens. Et, véritable originalité chez Stroud, on rit ! Son Bartimeus est insolent, imbu de lui-même et on lit avec délices les nombreuses notes de bas de page – fait assez rare pour être souligné. Une série à ne pas manquer !

L'île du temps perdu

2004

Silvana Gandolfi

Titre original : *L'isola del tempo perso*

Traduction : *Faustina Fiore*

Niveau :

> Silvana Gandolfi est italienne, elle est née en 1940. Elle écrit pour la télévision et la radio. Parmi ses romans publiés en France, *La mémoire de l'eau, Le baume du dragon.*

« J'étais seule. Tout à coup, ce silence profond et cette obscurité froide me terrorisèrent. Je me mis à courir derrière le faisceau dansant de ma lampe. J'avais hâte d'être à nouveau avec le reste de la classe. Et pourtant, plus je m'éloignais d'Arianna, plus mon malaise augmentait. Je l'avais laissée dans un endroit cauchemardesque. »

Éd. du Seuil Jeunesse, 272 pages

Giulia et Arianna, deux amies, se perdent au cours d'une sortie scolaire. Elles se retrouvent dans un endroit étrange où le soleil n'en finit pas de se coucher. En fait, elles sont sur l'île du temps perdu, une île où atterrit tout ce qui a été perdu sur terre : animaux, enfants, objets en tout genre. Pourquoi l'île porte-t-elle ce nom ? Parce que là-bas, on a tout le temps. Un paradis troublé par d'inquiétantes fumées noires... Dédiée « à ceux que l'on croit bons à rien parce qu'ils ne savent rien faire », cette histoire fantastique est pleine de fantaisie et de mystère. Avec humour et poésie, l'Italienne Silvana Gandolfi plaide en faveur de la rêverie et de l'imaginaire.

Le bizarre incident du chien pendant la nuit

2004

Mark Haddon

Titre original : *The Curious Incident of the Dog in the Night-time*
Traduction : *Odile Demange*
Niveau : 📖📖

> Mark Haddon est né en Angleterre en 1962. Il est dessinateur et scénariste et a reçu de nombreux prix, dont le Whitbread, principal prix littéraire anglais, pour ce livre.

« Tous les autres enfants de mon école sont idiots. Normalement, je ne devrais pas dire qu'ils sont idiots, pourtant, ils le sont. On doit dire qu'ils ont des difficultés d'apprentissage ou que ce sont des enfants déficients. Mais c'est idiot, parce que tout le monde a des difficultés d'apprentissage et que c'est difficile d'apprendre le français ou de comprendre la Relativité. »

Éd. Pocket Jeunesse, 393 pages

Christopher a quinze ans, on pourrait dire qu'il est autiste. Lui raconte qu'il est tout simplement différent, voire spécial : il n'aime ni le jaune, ni le marron, c'est un génie des maths, il déteste qu'on le touche. À partir d'un banal incident – le chien de la voisine a été tué –, Christopher va se transformer en détective. Il remonte le fil et découvre des choses sur sa propre vie, dont le mystère entourant la disparition de sa mère. Le tour de force de l'auteur, c'est de raconter une histoire à travers le regard de cet étrange garçon qui possède sa propre logique, parfois drôle, souvent étonnante. Une banale enquête devient une quête d'identité sans pathos. Ce roman original peut se lire à tout âge.

Blanche
T. 1, Blanche ou la triple contrainte de l'enfer

2005

Hervé Jubert

Niveau :

> Hervé Jubert est né à Reims en 1970. Il est l'auteur de deux séries, *Blanche* et *Roberta*, la sorcière détective.

« Blanche, dix-sept ans, avait le privilège de marcher en dehors de la colonne familiale, à côté de sa mère. Non qu'elle ait hérité d'une place d'exception dans cette famille. Mais elle portait le rouleau de châles. Ils protégeraient les Paichain des courants d'air qui riment avec chemins de fer. Cette scène dont la température montait à vue d'œil lui évoquait le déménagement d'une fourmilière. »

Éd. Albin Michel Jeunesse, Wiz, 441 pages

1870. Paris est assiégé par les Prussiens. Blanche n'a pas pu quitter la capitale à temps, elle est seule. Heureusement son oncle Gaston, le commissaire, n'est pas loin. Et lorsqu'un cadavre tatoué est retrouvé, Blanche se met en tête d'aider son oncle. Mais les meurtres se succèdent et la jeune fille se retrouve entraînée dans une sombre affaire de magie noire. Blanche est une héroïne passionnante : jeune fille de bonne famille, qui soigne les blessés de guerre, et enquêtrice opiniâtre qui plonge dans les bas-fonds de Paris, c'est une féministe avant l'heure. L'enquête policière se déroule dans un décor formidablement reconstitué, où l'on croise Nadar et Sarah Bernhardt. Crédible et bien construit, ce roman riche en suspense plonge le lecteur dans le Paris du XIXe siècle et le milieu de l'occultisme. Les lecteurs plus âgés se régaleront de ces énigmes teintées de fantastique.

Uglies

2005

Scott Westerfeld

Titre original : *Uglies*
Traduction : *Guillaume Fournier*
Niveau : ✦✦

> Scott Westerfeld est un écrivain américain né en 1963. Il a écrit de nombreux romans, principalement de science-fiction. *Uglies* est suivi de trois autres tomes et a obtenu le Grand Prix de l'imaginaire en 2008.

« À l'école, on apprenait qu'il existait un certain genre de beauté que chacun était en mesure de constater. De grands yeux et des lèvres pleines comme chez un enfant ; une peau claire et lisse ; des traits symétriques ; ainsi que mille autres petits détails. Des éléments caractéristiques très recherchés, qu'on ne pouvait s'empêcher de voir. Au terme d'un million d'années d'évolution, le cerveau humain les avait assimilés en tant que normes esthétiques. »

Éd. Pocket Jeunesse, 432 pages

Dans ce monde-là, lorsque l'on arrive à l'âge de seize ans, on subit une opération pour correspondre aux critères de beauté parfaite, et devenir « pretty ». Cette société uniformisée ne donne aucun droit à la différence. Tally est une « uglie » et elle est ravie de subir ce rite de passage. Mais à la veille de son anniversaire, elle découvre les rebelles qui refusent de se plier à la manipulation de l'État et le doute s'installe. Que faire ? La tentation de la beauté est tellement forte... Westerfeld s'empare d'un sujet peu traité, le diktat du physique, qui avait toutes les chances de plaire aux adolescents. Avec son écriture efficace et rythmée, ce roman n'est pas qu'un récit de SF, c'est aussi une réflexion subtile sur les dérives d'une société obnubilée par le paraître.

La voleuse de livres

2005

Markus Zusak

Titre original : *The Book Thief*

Traduction : *Marie-France Girod*

Niveau :

Né en 1975, Markus Zusak est australien. Il vit à Sydney où il enseigne l'anglais à l'université. Il est déjà l'auteur de quatre livres. *La voleuse de livres,* traduit en vingt langues, a remporté un succès international.

« Lorsqu'elle entreprit d'écrire son histoire, elle se demanda à quel moment exactement les livres et les mots avaient commencé à avoir une importance capitale pour elle. Était-ce la première fois où elle posa les yeux sur la pièce aux nombreux rayonnages remplis de volumes ? Lorsque Max Vanderburg arriva rue Himmel avec le *Mein Kampf* d'Hitler et de la souffrance plein les mains ? Lorsqu'elle lut dans les abris ? »

Éd. Pocket Jeunesse, 559 pages

En 1939, dans l'Allemagne nazie, la Mort a du boulot. C'est elle qui raconte cette histoire, ou comment elle fait la connaissance de la jeune Liesel à qui elle a enlevé son petit frère. Rue Himmel, chez ses parents adoptifs, Liesel tente de survivre, grâce à son ami Rudy, grâce aussi à un boxeur juif et à de petits larcins... de livres ! Téméraire, l'enfant brave le danger pour se procurer des ouvrages dont elle ne peut déchiffrer le sens, puisqu'elle ne sait pas lire. Pourquoi alors ces vols ? C'est ce que l'on découvre dans ce gros roman riche en surprises. Avec un mode de narration original et provocateur, l'auteur réussit pourtant à faire passer l'émotion. Aborder la Seconde Guerre mondiale par le biais de la mort elle-même était une gageure que Zusak a réussie, pour le plaisir du lecteur qui navigue entre sourire et émotion.

Tobie Lolness
T. 1, La vie suspendue
2006
Timothée de Fombelle
Illustrations : *François Place*
Niveau :

Timothée de Fombelle est né en 1973, il a été professeur de lettres puis s'est tourné vers le théâtre pour lequel il écrit et met en scène. *Tobie Lolness* est son premier roman et a remporté un grand succès.

« Tobie mesurait un millimètre et demi, ce qui n'était pas grand pour son âge. Seul le bout de ses pieds dépassait du trou d'écorce. Il ne bougeait pas. La nuit l'avait recouvert comme un seau d'eau. Tobie regardait le ciel percé d'étoiles. Pas de nuit plus noire ou plus éclatante que celle qui s'étalait par flaques entre les énormes feuilles rousses. »

Éd. Gallimard Jeunesse, 311 pages

Il n'est pas banal, le héros de cette histoire, avec son millimètre et demi : c'est un fugitif traqué par les hommes de Jo Mitch. Sa famille a été bannie car son père a fait une découverte dont veulent s'emparer les plus cupides. L'arbre recèle en son sein une microsociété, avec de méchants balèzes, des charançons effrayants, des flaques qui deviennent des lacs et des héros au grand cœur. Histoire de traîtrise, de course au progrès avec ses dangers, mais aussi histoire d'amour... Il y a tout cela dans l'arbre de Tobie, alors grimpez-y ! L'auteur a créé une extraordinaire géographie de l'arbre – mise en images par l'illustrateur François Place – portée par une langue riche, poétique et exigeante. Révélation de l'année 2006, ce diptyque enchantera des générations de lecteurs, c'est certain !

Index des ouvrages

Index des auteurs

Librio

908

Composition Nord Compo
Achevé d'imprimer en Italie par Grafica Veneta
en avril 2009 pour le compte de E.J.L.
87, quai Panhard-et-Levassor, 75013 Paris
Dépôt légal avril 2009

EAN 9782290015049

Diffusion France et étranger : Flammarion